横丁《よこちょう》のさんたじいさん

高山榮香《たかやまえいか》・作
鴇田由起子《ときたゆきこ》・絵

もくじ

横丁《よこちょう》のさんたじいさん——5
小さなかたつむり——23
消えた金魚——45

花《はな》束《たば》——77
トモばあさんの味——93
リアルな文体で表現《ひょうげん》—— 岩崎京子《いわさききょうこ》 119
あとがき—— 高山栄香《たかやまえいか》 124

横丁《よこちょう》のさんたじいさん

さんたじいさんは背《せ》が低く、はげ頭です。一本の歯もないしまりのない口もとから、よだれの流れるのを、腰《こし》にぶらさげたきばんだ手拭《てぬぐ》いでふいては、へらへらしています。鼻が悪いらしく、いつも口をあけてはあはあしているので、頭が少したりないようにも見えました。

そんなさんたじいさんも、古本を売っている時だけは、真剣《しんけん》な眼《め》をしていました。

天気のいい日に、わたし達《たち》の小学校の門前にゴザを敷《し》き、古本を売っているのです。本を前にして、ザブトンを敷いた上に、孫《まご》のミヨちゃんと並《なら》んでちょこんとすわり、学校帰りの子ども達を待っています。ゴザのはじには、水色の破《やぶ》れた乳母車《うばぐるま》の中に、リンゴ箱を入れて、いつも置《お》いてありました。その中には、ゴミのようなものやぼろ布《ぬの》、ビニールの紐《ひも》、麻紐《あさひも》、曲がった釘《くぎ》、それに、錆《さ》びたハサミやカナヅチ、ノコギリ等が入っているのが見えました。

さんたじいさんは、夜になると、学校の並びにあるうなぎ屋の前で、大人《おとな》向けの本を、＊カンテラを灯《とも》して売っていました。（＊カンテラ＝携帯《けいたい》用の照明具。ブリキの油つぼに灯油《とうゆ》を入れ、綿糸《めんし》を芯《しん》にして火を灯《とも》す。）

さんたじいさんの家の前が、くず屋さんでしたから、そこから、本をもらって来てはゴザの上に並べるので、もとではかかりません。

古本は、たいがい、五円でしたが、十円、二十円というのもありました。

どの本も安いのに、わたし達は、五円のアメをしゃぶっては、立ち読みばかりしていました。

さんたじいさんは本にハタキをかけながら、しぶい顔をして、小声でぶつぶつと言ってはいても、わたし達を叱《しか》ることはありませんでした。

それをいいことに、わたし達子どもは、何人か集まるときまって、「アホウ、アホウ」とはやしたてました。すると、ハタキをふりかざして追いかけて来ます。その真剣《しんけん》なまっかになった顔が面白くて、ゲームのように楽しんでいました。

どんなに一生懸命《いっしょうけんめい》さんたじいさんが追って来ても、ちらばって逃《に》げるわたし達をつかまえることができなかったのです。

そのるすに本を持ち去る子さえいました。

さんたじいさんは人がいいのか、忘《わす》れっぽいのか、わるさをした次の日に、同じメンバーが立ち読みしてても、怒《おこ》ることはありませんでした。

さんたじいさんは、同じ横丁《よこちょう》に住んでいました。
わたしの家は、なっぱ服*ばかり着ているさんたじいさんの家のななめ前にありました。（*なっぱ服＝工場などで着る青い作業服）
そのために、友達《ともだち》から、いやみを言われたり、くさいとからかわれるので、さんたじいさん一家が、早くどこかへ行ってしまえばいいと横丁の子ども達はよく話していました。

そんなある日、わたし達の住む横丁に、突然《とつぜん》、不思議《ふしぎ》なことがおきました。

こわれかけた塀《へい》が修理《しゅうり》され、どの家のトイレの木のふたも新しく作り変えられています。そればかりではありません。横丁の家々《いえいえ》の玄関《げんかん》には、ピンクのサクラソウの花の鉢《はち》と、春リンドウの鉢がおかれていたのです。

鉢にはへたな字で、「このはなをかわいがってやってください」と、書いた板がさしてありました。

「だれが置《お》いてってくれたんだろうねぇ」

みんなは首をかしげました。だれも知らなかったのです。それは、横丁に住む

人々《ひとびと》が共働《ともばたら》きで、昼間はだれもいないせいでもありました。疲《つか》れきって帰ってきた横丁《よこちょう》の人々を、サクラソウやリンドウの鉢《はち》が迎《むか》えてくれたのです。みんなの顔が明るくなって見えたのは、わたしの気のせいばかりだったとは思えません。

次の日、隣《となり》のひろこちゃんが、

「あのよだれたらしのさんたじいさんの家にだけは、花のおくりものがとどいていないのよ。いい気味《きみ》だね」

と笑《わら》いかけてきました。

「さんたじいさんとこ、玄関《げんかん》も庭もないからかもしれない」

「いやだあ、真子《まこ》、じいさんの肩持《かたも》って」

「そうじゃないよ。ただ、置《お》くとこない気がしてさ」

「まじめに働《はたら》いている人の家にだけ、花をとどけてくれたんだと思う」

「そうだね。だれかがちゃんと見ててくれるって、いいきぶん」

そこへ、つとめている何でも屋のあおい商店が休みで、めずらしく家にいた母さんが出て来て、

「たまには、ミヨちゃんと遊んであげな。今じゃ、ミヨちゃんは父さんも母さん

もいなくて、さびしいに違《ちが》いないから」

と、怖《こわ》い顔でわたし達《たち》をにらみました。

「あっ、宿題やんの忘《わす》れてたぁ」

わたしもひろこちゃんも、めったに宿題をやったためしもないのに、そんな時に限《かぎ》って宿題を言《い》い訳《わけ》にしたのです。ほんの少しでも、さんたじいさんのところとは、かかわりあいになりたくなかったからでした。


次の日、同じクラスのワタルが遊びに来て、

「この頃《ごろ》、学校の近くに、あきすやどろぼうがはいっているんだって。ぼくさ、あのアホウじいさんじゃないかと思うんだ」

と、けわしい眼《め》つきでいいました。

わたしとひろこちゃんは顔をみあわせました。

「あのじいさんは、午前中、いつも、ボロ車を押《お》して歩きまわっているだろう。あれ、どろぼうの下見《したみ》だと思うよ」

「そういえば、あの車の中には、カナヅチやナイフが入っているの、見たことが

ある」

わたしがついのって、身をのりだしていうと、ひろこちゃんが、

「明日《あした》の朝から、見張《みは》ろう」

と、眼《め》をきらきらさせていいました。

「残念《ざんねん》だなあ、ぼくは家も遠いし、朝ねぼうだから、二人にまかすよ」

「口先ばかりで、こんな時には頼《たよ》りにならないんだから！　いいよ、真子《まこ》といっしょにやるから」

ひろこちゃんがけろっとした顔でいってのけたので、わたしは声をたてて笑《わら》ってしまいました。

朝、六時に外へ出て見ると、もう、ひろこちゃんはうちの玄関《げんかん》の脇《わき》のマサキの木の後《うし》ろで、待っててくれました。

空は青くひろがって、心地《ここち》いい風が吹《ふ》いていました。

カラコロ、カラカラ。じゃり道を押《お》して行く、さんたじいさんの乳母車《うばぐるま》の音がしてきました。まだ寝《ね》ているのでしょうか、ミヨちゃんは乗っていません。乳母

車が通り過《す》ぎるのを待って、わたし達《たち》はそっとあとをつけました。

きのうの夜、雨だったせいで、椿《つばき》の葉がところどころ金色や銀色にひかっています。

わたし達があとをつけているのを、さんたじいさんは気づいていないようです。ときどき、乳母車を止め、しゃがみこみます。そして、何やら拾いながら、箱《はこ》へ入れる時、左右をみまわします。

「ワタルの言うように、あやしいね」

垣根《かきね》の角に身をよせて、ひろこちゃんが声をひそめます。わたしもうなずきました。

さんたじいさんは右へ曲がり、左へ折《お》れると、公園へでました。すると、まっすぐ、花壇《かだん》の前へ行き、乳母車の中の箱からシャベルをとり出すと、いきなり花の根元へさしこんだではありませんか。

「花までぬすむんだ」

「しょうこをつかもう」

わたし達がうなずきあって、大きなツツジの植えこみの中へ体をしのばせながら、少し遠まわりをして、一メートルほど離《はな》れたところへ着いた時です。

ふいに、さんたじいさんは立ち上がってのびをすると、首を回してあたりを見わたしました。

わたし達《たち》は、いっそう体をかがめ、息をこらしていました。

だれもいないと思ったらしく、さんたじいさんは花壇《かだん》から、黄色の夏菊《なつぎく》をぬいて、足もとへ置《お》いていきます。

しょうこをつかんだとわたし達がささやきあった時です。

花をいっぱいにつんだリヤカーを押《お》した、白いひげのおじいさんがあらわれました。

「やあやあ、もう、来ていたのかい」

「おそかったな隆《りゅう》さん」

耳が遠いのでしょう。二人とも大声です。

「ひげのじいさんもぐるなのかな？　それとも、花をくれたのがあのじいさんかな？」

ひろこちゃんが腰《こし》を浮《う》かしかけたので、わたしはあわてて、スカートのすそを

ひっぱり、

「もう少し、ようすをみよう」

と、ひとさし指を口へあてました。

「今日、コスモスの苗《なえ》を植えたいといっておいたらよう、もう、夏菊を動かしてくれたんだね」

うなずいて、さんたじいさんはほほえんでいます。そして、白いひげのおじいさんの手から、十センチほどに育ったコスモスの苗を受けとると、花壇のはじへ植えこんでいっています。

わたし達は、何がどうなっているのか、わからなくなってしまいました。

「隆さんの所ではよう、あまりものの苗もよう、ここではみんなが喜《よろこ》んでくれるなあ」

「そうじゃなあ。花を育てるのは楽しみなものじゃでよう。お前さんにはよう、あんな大きな鳥小屋をつくってもらったから、礼《れい》ぐらいはさせてくれよう。」

「気にせんでいいわい」

「じゃ、せめて、この間のように、花を受け取ってくれ。売ったら、暮《くら》しももと楽になるでよう」

「ありがたいがよう、気を遣《つか》わんでほしい。久《ひさし》も少しは金を送ってよこすでよう、何とかやっていけるで」

「強情《ごうじょう》じゃな。わしはお前さんより、年下だが、七十三になる。せんだってよう、町へ花を寄付《きふ》し続けて来たからってよう、表彰《ひょうしょう》されたわい。花のじいさんと言われて、ええ気分じゃったわい」

と、得意《とくい》そうに胸《むね》をはってから、少し声をおとしていいます。

「その時、道でくぎやガラスのかけら、ごみなんかを、何十年も拾い続けているあんたのことを言いそうになったでよう。本当に、表彰されていいのは、あんたのほうだでよう」

「はずがしいからよう、ずっとだまっててくれ。体を動かし続けてるからよう、気分もええし、体も丈夫《じょうぶ》でよう。歯はないがどて*がつよくて、何をくってもうまい。それで、じゅうぶんじゃ」（*どて＝歯の抜《ぬ》け落ちた歯茎《はぐき》のこと）

わたしとひろこちゃんは、思わず顔をみあわせてしまいました。

「さんたじいさんは、鳥小屋を作ったのに、礼も受けとらないっていうから、もしかしたら、横丁《よこちょう》の垣根《かきね》なんかも……」

ひろこちゃんが眼《め》をいっぱいに開いていいました。

「わたしも、そんな気がしてきた」

さっきまで、さんたじいさんはどろぼうじゃないかときめつけ、花どろぼうもやっていると思いこんでいたのが、とてもはずかしくて、二人とも顔の汗《あせ》をふきました。あつい日でもないのに、にじむ汗をぬぐいながら、二人はにっこりとほほえみをかわしました。

二日後の昼休み、ワタルがわたし達《たち》のそばへやって来て、

「どうだった？　あのじいさん、やっぱり、どろぼうの下見《したみ》をやってただろう」

と、したり顔でいいました。

「違《ちが》ってたよ。くぎやガラスのかけらやゴミを拾っていた」

「うそつけ！　よーく調べなかったんだろう」

「そんなことないわよ」

わたしとひろこちゃんがむきになってそう叫《さけ》ぶと、

「やっぱり、同じ横丁《よこちょう》の人だもんで、肩《かた》を持つんだ」

といいはって、ゆずりません。

「うたぐるのなら、自分で調べてみればいいじゃないの」

わたしがつんとして、ワタルに背《せ》をむけると、

「調べるさ。調べればいいんだろう。証拠《しょうこ》、つきつけてやる！」

ワタルのわめくすてぜりふが、背中《せなか》から追いかけてきました。

でも、調べるまでもありませんでした。

翌日《よくじつ》、わたしとひろこちゃんは胸《むね》をはって、ワタルの前へ立ちました。

「どろぼうやあきすのはんにんは、T町の人だったじゃないの。町内の回覧板《かいらんばん》にでてたって、母さんがいってたわよ」

わたしがいうと、ひろこちゃんも、

「横丁のことを悪くいうと、ゆるさないよ」

と、くってかかりました。

ワタルは口をへの字に曲《ま》げて、うつむいてしまいました。

わたしとひろこちゃんは、胸のつかえがとれたように、すかっとした気分にな

りました。

一週間後のことでした。

学校でお腹《なか》の痛《いた》くなったわたしは、保健室《ほけんしつ》で、少し休んで、早めに家へ帰ることになりました。

もうじき家だとほっとして横丁へ入った時でした。何げなく顔をあげたわたしの眼《め》に、さんたじいさんが、わたしの家の前に立っている後ろ姿《すがた》が見えました。

「さんたじいさん、何をしているんだろう」

そっと、足音をしのばせながら近づいた時、わたしは「あっ!!」と小さな声をあげてしまいました。

さんたじいさんは、野菊《のぎく》に似《に》た白い夏菊の鉢《はち》をかかえていたからです。

乳母車《うばぐるま》の中に入っているリンゴ箱《ばこ》にも、花がいっぱいでした。

そのはじにノコギリも見えました。

「お花をくばってくれたのは、おじいさんだったのね」

わたしの驚《おどろ》きの声に、ふりむいたさんたじいさんは、まるで、いたずらをみつけられた子どものように、まっかな顔になりました。

「こわれた塀《へい》やなんかをなおしてくれてたのも、おじいさんでしょ」

と、わたしはノコギリを指さしました。

さんたじいさんは、赤い顔をもっと赤くし、もじもじしてから、はずかしそうに笑《わら》い、

「真子《まこ》ちゃん、だまっててくれよう」

しきりにふきでた顔の汗《あせ》をぬぐっています。

「おじいさん、ありがとう」

心をこめていうわたしに、

「ほんとうに、だまっててくれよう。な、約束《やくそく》じゃ」

真剣《しんけん》な顔をしています。

わたしは力をこめて、うなずきかえしました。すると、さんたじいさんは、にこっとしました。

わたしはさんたじいさんは横丁《よこちょう》のサンタクロースだと思いました。

それからも季節《きせつ》がかわるたびに、花々《はなばな》の鉢《はち》が横丁の家々《いえいえ》にとどけられました。おくり主《ぬし》は、だれいうともなく、白いひげのおじいさんだと、まわりの人びとはうわさしあっていました。

本当のことを知ってるわたしは、そのたびに、「違《ちが》う！」と心で叫《さけ》びながら、さんたじいさんとの約束《やくそく》もあるので、だまっていました。

そのかわりといっては変《へん》ですが、ときどき、ミヨちゃんと遊んだのです。さんたじいさんはうれしそうに、はあはあ笑《わら》っていました。

そのさんたじいさんが、ねむるように死んだのは、翌年《よくねん》の寒い冬のことでした。かぜをこじらせ、肺炎《はいえん》になってしまったのでした。

かすかにほほえんでいる死顔《しにがお》を見て、わたしは美しいなと思いました。

家を出ていた孫《まご》の久君《ひさし》が、妹のミヨちゃんをひきとっていきました。

そして、横丁は少しさびしくなりました。

季節がかわっても、横丁には花がとどかなくなりました。

「白いひげのじいさんも、気分屋だね」

「花のじいさんって、世間《せけん》に名を売ったもんで、お高くとまっているのかな」

横丁の人達《ひとたち》はうわさしあっています。

「白いひげのおじいさんかどうか、わからないじゃない？」

「うん？」

わたしは思わず本当のことをいいそうになりました。しかし、さんたじいさんとの約束《やくそく》を思い出して、口をつぐみました。

今でも、わたしはあの時、本当のことを言えば良かったのかどうか迷《まよ》っています。

これから、白い夏菊《なつぎく》の花束《はなたば》を持って、さんたじいさんのお墓《はか》へそなえに行ってきます。

小さなかたつむり

梅雨《つゆ》の晴間《はれま》の日曜日。

さえはよっちゃんの手をとり、せまい路地《ろじ》を歩いていた。

「ねぇね。あの花、なんていう名？」

ゆびさすいけがきごしに、青紫色《あおむらさきいろ》の花が水のつぶをつけて光っていた。

「あじさいだよ。あっ！　かたつむりがいる」

さえのくすりゆびのつめぐらいの小さなかたつむりが、ゆっくり、のんびりとあじさいの葉の上をはっていた。

薄茶色《うすちゃいろ》の灰色《はいいろ》がかったうずまきもよう。はったあとが銀色《ぎんいろ》に光っている。

「待ってな。とってあげるから」

さえは手をのばしあじさいの葉ごと、よっちゃんにわたした。

「ぼくう。かたちゅむり、かいたい」

「ええっ！」

さえはきらきらした目でみつめられ、思わずいっていた。

「そうしたいのなら、姉ちゃんも手伝《てつだ》う」

陽《ひ》がもも色にあたりをそめた。サワラのかきねをむわっとなまあたたかい風がゆらし、二人のほほもなでていった。

やがて、フェンスのへいが見え、ヤナギの枝《えだ》がゆれている門をぬける。台所《だいどころ》で洗《あら》い物をしてる水の音が、ドアのところまで聞こえてきた。

「ただいま、母ちゃん、かたちゅむり」

くつをはねとばし、台所へかけこみ、あじさいの葉をかかげる。

お母さんが、ちらっとふりむいた。

「よっちゃんは小さいから、めんどうみられないでしょ。さ、少し遊んだら、もとのところへ返《かえ》してきなさい」

洗い物の手を休めずにいう。

お父さんは交通事故《こうつうじこ》で三年前になくなった。それからのお母さんは、保険《ほけん》の仕事をしてつかれているのだ。

「ウエーン、ウエーン。エック、エック」

よっちゃんは肩《かた》をひくひくさせ、しゃくりあげる。さえはかわいそうになり、むきになった。

「わたしがめんどうを見るよ。ね、お願《ねが》い！　飼《か》っていいでしょ」

「生きものを飼《か》うのは、大変《たいへん》なことなのよ。わかっているの?」

お母さんはふりむいて、さえの顔をのぞきこんできた。

「遊びはんぶんで飼うのはかわいそう。三年生でしょ。ちゃんとめんどうみるって、約束《やくそく》できる?」

きびしい声。二人をかわるがわるみつめる。

よっちゃんはすがるような目で、さえを見上げた。

「かならず、約束は守《まも》るよ」

さえはきんちょうしきって答えた。

「じゃ、約束のゆびきりげんまんをしよう」

お母さんの声が急《きゅう》にやわらかくなった。こゆびを二人の顔の前にさしだしてくる。

さえとよっちゃんははりつめた顔で、お母さんのこゆびに、自分たちのこゆびをからませる。

――ゆびきりげんまん、うそついたら、針《はり》千本、のーます。約束すーるー
三人は手を上下にふった。

よっちゃんは手のこうに小さなかたつむりをはわせ、きゃっきゃっとうれしそうな声をあげた。

子ども部屋《べや》に入ったさえは、虫かごを持ち茶《ちゃ》の間《ま》へ入り、赤いジュウタンにはらばいになる。あじさいの葉ごとかごの中へ入れるよう、横のよっちゃんをうながす。葉のつけねは水の入ったプラスチックの小さいようきにいれてある。ひたいに汗《あせ》がにじんでくる。よっちゃんは？　と見ると、じいっとかたつむりを見ている。

「つのにさわると、ひっこむよ。おもしろいよ」

さえはにこっとして、かたつむりのつのへ手をやり、つついてみせる。

「フフフ。ぼくもやってみたいよう」

顔をかがやかせてあきもせず、かたつむりとたわむれていた。

いつしか部屋《へや》はうす暗くなっていた。気がついた時には、お母さんがつけてくれたのだろう、青白いけいこうとうの光が二人をつつんでいた。

いつまでも、虫かごの中へ手をやっているよっちゃんを見て、さえははっとした。いじりまわし続《つづ》けたら、弱《よわ》ってしまうと気づいたからだ。

「ねぇ、少し、かたつむりさんを休ませてあげよう」

「やだやだ。かわいいし、おもしろいもん」

すこしすると、小さな茶色のかたつむりは動かなくなった。

「だめ！　やめな。死《し》んじゃう」

さえはよっちゃんの肩《かた》をたたいた。

よっちゃんは口をぽかんとあけたまま、さえの顔を見上げる。しんけんなまな

ざしがこわくなったのか、しぶしぶ虫かごから手をはなした。

さえは立ち上がりリビングへいくと、きりふきをさがし水を入れた。茶の間へもどり、よっちゃんのわきへすわる。

茶色の小さなかたつむりに向かって水をふきかけ、動きだすのを待った。

「ごはんよう。早くいらっしゃぁい」

お母さんがリビングの方から、声をかけてきた。

かたつむりは何を食べるのだろう。食べ物をやらなかったら、生きていけない。あーあ、約束《やくそく》なんかするんじゃなかった。困《こま》ったなぁ、さえはうつむいたまま、考えこんでしまった。リビングへ入りいすにかける。ゆげのたっている手づくりのギョウザやスープをみつめる。時間がどんどんかけ足でさっていく。あせった。

「あっ、そうだ！」

「どうしたのよ。大声をあげて立ち上がって。さ、さめないうちに食べよう」

お母さんがせわしなく二人をうながす。

となりのよっちゃんは大さじを手に、スープを口へ運びだしている。

「かたつむりのえさ、たくやに聞くのを思いついたのがうれしかっただけ」

さえは小さく笑《わら》う。

「そう、良かったね。ごはんがさめるよ。さ、早くおあがりなさい」

お母さんはせっついた。ちっとも喜《よろこ》んでくれてないそっけない返事《へんじ》だ。でも、さえは思いついたのがうれしくて口もとがゆるむ。

そばで、口を動かしているよっちゃんは、とろけそうな目になっている。ちょっぴりごはんをこぼし、ほっぺたにごはんつぶがついていた。

すわったまま身をのりだしたお母さんが、それをとると、自分の口へもっていっている。

さえは大さじを口へ持っていったきり、手がとまった。ごはんがすすまない。かたつむりさん、おなかすいたでしょ。がまんしててね。できる？　だいじょうぶかなぁ。

「さえちゃん。何をぼんやりしているの。お前は体がよわいんだから、ゆっくりかんでたくさん食べなきゃだめ。元気でいられないよ」

「食べたくない」

いすからおり、茶の間のソファへ身を投げる。テーブルの下の虫かごへ目をやる。

「しょうのない子。まったく食がほそいんだから、いやになっちゃう。親に心配《しんぱい》ばかりかけて」

なげきともぐちともつかないひとりごとが、ベージュのカーテンごしに聞こえてきた。いつもなら、食べないとしかられる。でも、今日のお母さんは仕事でつかれているのか、声にいつもの力がない。

「たらこのおにぎりならすきだから食べられるでしょ。作っておくから、ねる前に食べるのよ。じゃないと大きくなれないよ」

むりしても食べないとよけいしかられるな。うるさいから、一つだけあとで食べよう。

夜降《ふ》った雨も、朝にはあがっていた。洗《あら》われてまぶしい陽《ひ》ざしが、まどからさしこんできた。

さえはいつもより早く目ざめ、四十分も早く家を出た。おなかをすかしたかたつむりが心配で気がせくからだ。

家をでると歯をくいしばり、かける。耳ががんがんする。息が苦しい。ひっしに歩道橋《ほどうきょう》をかけのぼる。降《お》りる時には足ががくがくからまわりしているようで、早く進まなかった。やっと、くちなしのにおう家の角《かど》を曲《ま》がり、校門へとびこんだ。

三年二組の教室のうしろの戸を思いっきり強くひいた。

もう、クラスの飼育委員《しいくいいん》のたくやはきていた。メダカにえさをやっている。

「おはよう。たくや」

「あっ、さえか、早いね。どうかしたの？　息がきれてるじゃん。おはよう」

のんびりしたこたえがかえってきた。

「教えてもらいたいことがあって、家からずっと走って来たんだぁ。メダカのえさをやり終るまで待つよ」

「わかった。じゃ、少し、待ってて」

のそのそとえさをやっている後《うし》ろ姿《すがた》をみつめる。さえはじりじりしておちつけない。たくやがザリガニにまでスルメをやりだしたからだ。なんてとろいんだろう。いらつく。

やっとたくやがふりむいてくれた。

「で、どんなよう？」

「弟と飼《か》っている小さなかたつむりに、えさをやりたいんだけど、何をやっていいのか、わからなくて、こまっているの。教えて」

「あー。かたつむり。それなら、家で飼ったことがある。ダイコンやニンジンをうすくわぎりにして、その上へ、かたつむりをのせておけば食べるよ。心配ない、育つよ。大きくなったら、また、どうするか教える」

「そう、ありがと。たすかったぁ。さすが虫博士《はかせ》ね。でも、待ちくたびれちゃったよ」

「ごめん。ごめん」

たくやは鼻《はな》の頭にあせをかき、頭をかいていた。


授業《じゅぎょう》が始まるまでにはまだ間があると、さえは家をめざし教室をでた。肩《かた》ではげしく息をはずませ走り続ける。校門をぬけ、歩道橋をかけあがった。やがて、いけがきをぬけるとフェンスが見え、柳《やなぎ》の木のある玄関《げんかん》の前へやっとついた。首から下がった鍵《かぎ》で扉《とびら》を開けるのももどかしく、リビングへ走りこむ。ぜいぜい息があがった。水道のじゃ口をいっぱいに開いていっきにコップの水を飲みほす。ふーうと深い息をつく。いすにかけ、どうきの静まるのを待った。やさいかごや、れいぞうこの中を見る。ダイコン、ニンジンをとりだした。まないたの上でうすく切ると、子ども部屋へとびこんだ。ピンクの三段作りのタンスのとなりには弟の水色のタンスがある。その上の虫かごの中へダイコンとニンジンを入れた。かたつむりを上にのせてじいっと目をこらす。

「食べてね。食べないと大きくなれないよ」

あれ? お母さんと同じことを言っている。やだぁ。心配になるからうるさいのかも。思わず、くすっと肩《かた》をすくめ笑《わら》ってしまった。すっとんで学校へととってかえすと、始業《しぎょう》のベルの音がなりひびいていた。教室へとびこみ、ほっとする。汗《あせ》びっしょりだった。

体操《たいそう》の時間になると、佐藤《さとう》先生から「さかあがりは今月中にみんなでやりとげよう」と、約束《やくそく》をさせられた。

苦手《にがて》なさえは、うなだれてしまった。

陽《ひ》がかたむき西の空がだいだい色にそまった。お母さんに連《つ》れられて、保育園《ほいくえん》の黄色いバッグをななめがけにした年少のよっちゃんが帰ってきた。

「ねえね。かたちゅむりさんは？」

声とともに子ども部屋《べや》へ走りこんできた。

さえはたたみの上へ虫かごをおくと、はらばいになった。あごに手をあて、かたつむりをみつめる。

よっちゃんもとなりにきてまねる。

二人は息をつめて、いつ食べだすか見入った。

「さえちゃん。よっちゃん。かばんぐらいは、かたづけてからにしなさい」

お母さんがそばでこわい顔をして見下ろしていた。

うるさいなぁ、それどころじゃないのにとぶつぶついい、かたづける。

茶色のかたつむりは小さいせいか、弱ってしまったせいか、見続けてもちっとも動かない。

カレーのいいにおいがしてきた。

大声で呼ばれた二人はためいきをつくと、しぶしぶリビングへ行った。大好きなカレーをいっきにほおばり、かきこんだ。

ふたたび、子ども部屋へとってかえす。かたつむりがえさを食べたか、虫かごの中をのぞきこむ。さっきと少しもかわらない。

「あーぁ。食べ終わったら、二人とも、ごちそうさまぐらいはいってからにしなさい。ぎょうぎが悪いよ」

口のわりにはおこっていない声。

「うるさいなあ」

二人は顔を見合せ、肩《かた》をすくめ笑《わら》いあった。

「そんなに心配しても、いつ、食べ出すか、わからないんだから、ビデオでサザエさんでも見ていれば」

さえはいわれるままに、虫かごをもって、茶の間へ入りビデオをセットする。サザエさんの一話は十分だけど、一つの話も終らないうちに赤いジュウタンの上にはらばいになり、また、小さなかたつむりを見続ける。すると、ゆっくりのんびり少し動いた。

「あっ！」

よっちゃんがすっとんきょうな声をあげる。

さえは口の前に人さしゆびをたてていった。

「静かにしないと、かたつむりさんがびっくりしちゃう」

二人はニコニコ顔で、つつきあいながら、リビングへ行った。

「母ちゃん、かたちゅむりさんがちょびっと動いたよう」

「そーお。良かったねぇ」

お母さんは、かがんでよっちゃんを強くだきしめ、ほおずりをした。

しかし、小さなかたつむりはねる前になって、それっきり動かなくなった。

さえはよっちゃんがいじりまわし過ぎて弱ったのかなと、心配しながら目をとじる。

よっちゃんはべそをかきながら、ふとんにもぐった。

二人は良く眠《ねむ》れなかった。

朝の光がさぁーとレースのカーテンごしに二人をつつむ。あわてておきあがった。目をこすりながらまくらもとの虫かごの中をのぞいた。ダイコンの上にくっきりオレンジの筋《すじ》がついていた。

「やったぁ。食べたぁ！」

二人は目をきらきらさせてばんざいをした。手をとりあって、はねあがった。

朝日のきらめきの中で、小さなかたつむりが茶銀色《ちゃぎんいろ》に光をはなっていた。


さえは学校にいのこりして、梅雨《つゆ》のあいま鉄棒《てつぼう》にしがみつき、さかあがりの練習をし続けていた。クラスでさかあがりのできないのは、さえ一人になってしまったからだ。

たくやが側《そば》に立ち、たおれこむさえの体《からだ》を支《ささ》えてくれる。

「しっかりしろよ。やり続ければ、きっと、できるようになるから」

「もう少しだ。がんばれ！」

と、はげましてもくれた。

さえは言われるままにただひたすら地面を強くけった。腕《うで》にひっしに力をこめる。やっと、どうにか、鉄棒の上へ足はついた。でも、鉄棒の上をかすめただけで、地に足が落ちてしまうのだった。

夜はもうくたくたで、何も考えられない日が続いた。ごはんの時だって、つかれはて、こっくりこっくりしてしまう。

お母さんはさえをみつめて、心配そうに顔をくもらせていった。

「さえちゃん。とっても、つかれているみたいだね。学校で何かあったの?」

「もう、くたくた。さかあがりがどうしてもできないの。毎日練習、ときどきやめたくなる。にげだしたくなる。腕の力がなくて」

(わたし、クラスでたった一人できないの)ということばをのみこんだ。

「今は元気になったけど、小さい時から体が弱かったもの。むりもない……」

「たくやがなんとかなるこつを教えてくれてる」

「そう。いい友達がいてくれて良かった。かたつむりをあれだけ面倒《めんどう》見れるのだから、その気になればやれる。あせらずにね。ごはんをしっかり食べて、今日は早く寝《ね》なさい」

毎日、家に帰ると、さえはぼおっとして、いわれるままにまるでロボットのように体を動かすのが精一杯《せいいっぱい》。宿題をやる気力なんてない。ただただみなに追いつきたいと思って、腕立《うでた》て伏《ふ》せの練習にあけくれた。いつしか、小さなかたつむりのことは、頭の中から消えていった。

よっちゃんは思いがけなく年長のあこがれていたいずみちゃんに話しかけられ、まいあがっていた。毎日うきうきしていた。友達ができたので遊ぶのにむちゅうだった。

十日程《とおかほど》たった夕方。茶の間のソファでさえがうとうとしていると、よっちゃんがらんぼうにぐわんぐわんゆすった。

「ねぇね。いずみちゃんにじまんしたくなって見たら、かたちゅむりさんが動いてない！」

「エエッ！」

泣《な》いているよっちゃんの大声に、さえは重《おも》たい体をやっとの思いでおこした。あー、忘《わす》れていた。えさやるのを。ふらふら立ち上がり、洗面所《せんめんじょ》で顔をじゃぶじゃぶ洗《あら》う。ぼおっとしている頭をたたく。小さなかたつむりのいる子ども部屋へとおそるおそる足を運んだ。水色のタンスの上にある虫かごの中へふるえる手を入れる。ダイコンやニンジンがかちんかちんだ。茶色のかたつむりにふれる。からはかさこそかわききった小さな音をたてた。顔を出す所もひからびていた。

さえは血がいっぺんに顔からひいた。あわててふらふら立ち上がった。リビングへよたよた走った。きりふきに水を入れてまた、子ども部屋へかけもどる。

よっちゃんはただおろおろと、さえのめまぐるしく動く後ろをついてまわった。

少しして、みずみずしいダイコンとニンジンの切れはしにかえた。小声で「ごめん、ごめんね」と、あやまりながら。死んじゃったのかな？　せすじにさむけが走る。よっちゃんの顔色をそっとうかがう。目がうっすらぬれている。

さえはしょんぼり肩《かた》をおとして、深いため息をついた。母さんと約束《やくそく》げんまんをしちゃったのに、どうしよう。頭を両手でかかえた。なさけない自分に腹《はら》がたつ。忘れてしまったのがくやしい。かわいそうなことをしてしまったとなみだがほおをつたう。

よっちゃんも、なぜこんなになる前に気づかなかったのか？　お母さんもお母さんだ。ただけんめいにきりふきを押《お》し続ける。水で虫かごがずぶぬれになっても、まわりがびっしょぬれになっても「生きて、生き返ってよ」といのり、手を止めることができなかった。

やがて、泣《な》きつかれ、つかれはてて、ねむりに落ちて行った。

どのぐらい時間がたったのだろう。よっちゃんにゆり起こされた。目をこすりこすり顔を上げる。ぼおーっとした頭をたたいた。しょうてんが定《さだ》まらない。

タオルケットがおなかにかけてある。

さえはお母さんの顔をじいっと見る。と、その目はうるんでいた。はりつめていた気が急にゆるんだ。泣きじゃくり、肩《かた》をふるわせながら勇気《ゆうき》をふりしぼりいった。

「わたし、さかあがりをみんなと同じようにできるようになりたくて、ずっとずっと毎日練習をしてきた。それで、かたつむりさんのえさをやるの、忘《わす》れていた。死んでしまったのよう。どうして、お母さんも気づいてくれなかったのよう」

しゃくりあげ、お母さんのひざにすがりついてゆすり続けた。

「母さんも仕事に追われ、気がまわらなかった……」

泣きつかれたさえは目をこすりあげ、お母さんのひざから身をおこした。小さなかたつむりの入った虫かごへ目をやった。
茶色の小さいかたつむりは、ダイコンの上をつのをしっかり立てて、はってい
るではないか。
「うわぁ、生き返ったぁ」
さえは人声で叫《さけ》び、よっちゃんの手をとり、とびあがった。つのを立ててゆっ
くりはう小さなかたつむりは、金色に輝《かがや》いて見える。自然の生命力の強さと不思《ふし》
議《ぎ》さにびっくり。だんだんと胸《むね》にあついものがこみあげ、二人は泣き笑《わら》いした。
「動いているね、よかったぁ。おまえがつかれきって眠《ねむ》った後、よっちゃんがき
りふきで水をかけ続けていたのよ」
しばらく間があってから、よっちゃんが口を開いた。
「母ちゃん、かたちゅむりさん、もとのところへかえしに行く。小さなかたちゅ
むりさんに友達がいないの、かわいそうだもん」
さえはなみだ目でよっちゃんをみつめる。ここのところずっと助けてくれてい
るたくやの顔が浮《う》かんだ。いつの日か、わたしもたくやのようになりたい。
そばで、お母さんが静《しず》かに笑っている。

「さかあがりができるようになるには、時間がかかりそうだし、小さなかたつむりのめんどうをみきれる自信《じしん》もない。よっちゃん。ありがとうね」

よっちゃんが胸《むね》をはる。

「母さんもつい仕事や家のことにかまけて……。ごめんね。さえちゃん。さかあがりはきっとできるようになる。母さんは信じている」

さえのむねの痛《いた》みがとけていき、喜《よろこ》びにかわっていった。小さなかたつむりさんでさえがんばったんだもの、わたしもやりとげよう。

そばでまぶしい笑顔《えがお》のよっちゃんがさえを見ていた。

消えた金魚

有希《ゆき》の家は畑の中にぽつんと建《た》っています。

南の窓《まど》から、畑のむこうに遠く団地、西からは林の先に富士山《ふじさん》が雪をかぶって見えます。有希が小児《しょうに》ゼンソクなので、空気の悪い都会からこの場所に、お父さんが家を建ててくれたのでした。

おじいちゃんがたずねてきてくれました。お母さんのお父さんです。定年になって一人暮《ぐ》らしで畑仕事をしているせいか、ひやけをしています。

三年生のやせて小さな有希は、おじいちゃんのひざの上へすっぽりすわって、

「ねぇ、おじいちゃん。お母さんはねぇ。わたしがどんなにねだっても、犬や猫《ねこ》も、ゼンソクによくないからだめだっていうのよ」

と、しょんぼりいいました。

「有希を心配してのことじゃろ。それほど、お前がかわいいんじゃ」

「でも……。ゼンソクで少ししか外で遊んじゃいけないっていうし、学校での友だちは、さつきちゃん一人しかいない……。さつきちゃんの家は団地のはずれで、わたしには行けないからめったに遊べない……」

おじいちゃんは後《うし》ろから、きつく有希をだきしめてくれました。ぬくもりが伝《つた》わってきます。

「お母さんはね。わたしの顔をちらちら見てて……。発作《ほっさ》のない時は、ゼンソクのことは忘《わす》れていたいのに……、よけいゼンソクになりそうなの」

「お母さんにいったかい?」

有希はうつむいて首を横にふります。

「いいなさい。お母さんはわかってくれるよ。有希、なにか夢中《むちゅう》になれそうなものはないかい?」

「金魚を飼《か》いたいけど……、買ってくれる?」

「いいとも、金魚かぁ、世話《せわ》が大変《たいへん》じゃぞ」

有希はうれしそうに胸《むね》をはりました。

二人はバスに乗って駅前で降《お》りました。南側にスーパーがあり、その隣《となり》に金魚屋さんがありました。店内のかべぞいは水槽《すいそう》になっています。右側の水槽には、有希の手のひらぐらいの赤や、赤白まだらのや、だいだい色の金魚たちがゆうゆうと泳いでいました。

有希《ゆき》はすいよせられるように水槽の前に立ち、

「うわぁ！　いっぱいいる。選ぶのにまよっちゃうな。この大きいのにしようかなぁ。一番泳ぐのが速いこれがいいかなぁ」

自分の背丈《せたけ》ぐらいの高さに近づいてきた金魚を指さします。

「どれどれ」

おじいちゃんが腰《こし》をかがめてのぞきこみ、

「よしよし。三匹《さんびき》好きなのを選ぶといい」

といってくれました。

「じゃ、今、指さした真《ま》っ赤《か》で尾がふぁっと広がったのと、すぐとなりを泳いでいる赤白まだらのと……すばやいだいだい色のが欲《ほ》しいなぁ」

おじいちゃんはうなずくと、店のおじさんに、網《あみ》ですくってくれるように、たのんでくれました。

「まごが初めて飼《か》うから、必要《ひつよう》なものをとりそろえてもらいたい」

「やさしいおじいちゃんで良かったね」

有希が笑顔《えがお》でうなずくと、金魚屋さんは説明《せつめい》をしながら手早くとりそろえます。

「お客さん、水槽《すいそう》、水草やじゃりも必要です。それに空気の出る機器《きき》も、薬や、えさや藻《も》もね。この袋《ふくろ》に入れておきます」

おじいちゃんはふところから、さいふを出し、代金を支払《しはら》ってくれました。

「毎度《まいど》、ありがとうございます」

「初めてなのに、毎度なんて」

有希はくすくす笑《わら》います。

金魚屋さんは、腰《こし》をかがめ、有希の顔をのぞきこんでいいました。

「おじょうちゃん。三匹ともわきんだから、じょうぶで飼いやすいよ。えさは一日に、金魚の頭の半分ぐらいのイトミミズをやるといい。それから、一ヶ月に一度ぐらい水槽の水を半分かきだして、井戸水を入れると元気に育つよ。できるかい？」

「はい。井戸があるからできます」

「かしこいね」

金魚屋さんが、有希《ゆき》の頭をなでました。

「お願い。金魚だけ自分で持って帰りたい」

おじいちゃんはにっこりしてうなずきます。金魚屋さんはやや大きめのビニール袋に三匹《さんびき》のわきんを入れ持ちやすいようにしてくれました。

有希はにこっとすると、おじいちゃんにむかって金魚をかかげて、

「ありがとう」

はちきれそうな笑顔《えがお》でいいました。


二人が家につくと、お母さんがとぶように玄関《げんかん》へやってきました。

「せきこまなかった？　そう、大丈夫《だいじょうぶ》だったのね。よかったぁ。さ、早くあがって、よーくうがいをしなさい。手も洗《あら》うのよ」

お母さんはぱきぱきと早口でいって、いつものようにせかします。

有希はうがいをし、手を洗うと自分の部屋へ入りました。部屋はゼンソクにいいようにと、空気清浄機《くうきせいじょうき》がセットしてあります。

おじいちゃんが、水槽《すいそう》に洗った白や茶色の小石をしき、井戸水をはってから、

それをかかえて、子ども部屋に入って来ました。小石の中にうめられた機器《きき》から銀のあぶくが吹《ふ》き上がり、水草がゆれています。

有希が三匹の金魚をそっと水槽に放《はな》つと、金魚たちはゆったり気持ちよさそうに、泳《およ》ぎだしました。

「これからは、有希が金魚たちのお母さんだ。毎日かかさずに、めんどうをみれるかい？」

おじいちゃんは、まっすぐに有希を見つめていいました。

「約束《やくそく》する。だって、かわいいんだもの。もう、名前だってつけたのよ」

「ほほう。なんていう名だい？」

「赤くて、おっぽがふぁっとひろがっているのがレディちゃん。赤白まだらなのがバクちゃん、だいだい色のがチーちゃん」

有希は指さしながら、おじいちゃんを見上げて説明《せつめい》します。

「いい名だ」

こどもの頃《ころ》ゼンソクだったおじいちゃんが、顔をほころばせながらいいました。

「ありがとう、お父さん。有希《ゆき》、良かったね」

お母さんもにこにこしています。

「ゼンソクはわしの体質遺伝《いでん》かもしれん。すまなく思っておる。でも、わしに似《に》れば五年生ぐらいでなおるぞ」

おじいちゃんが目を細めて、有希の頭をそっとなでました。

有希は胸《むね》をどきどきさせて、そうなったら、さつきちゃんと思い切り鬼《おに》ごっこをして遊ぼうと思ったのでした。


朝、学校へ行く前に、有希は金魚たちに声をかけます。

「さ、ごはんよ。レディちゃん、おあがり」

有希の手の動きにつれて、レディたちは水面によってきます。うれしくてたまりません。

「金魚たちの面倒《めんどう》をみるには、ゼンソクの発作《ほっさ》をおこさないように、薬をちゃんと飲み、すききらいをなくすようにしなくてはね」

そばで、お母さんが有希の顔をのぞきこんで、真剣《しんけん》な顔でいいました。

「うん。わかった」

それからは、きらいなピーマン、ニンジンやタマネギもがまんして食べました。好きな卵は食べてません。そのせいでしょうか、薬を飲んではいますが、ゼンソクの発作《ほっさ》は遠のいています。


学校で、さつきちゃんに、有希はうきうきした声でいいます。

「大きな金魚をおじいちゃんが買ってくれたの。今日、見に来ない?」

「いく、いく」

さつきちゃんは身をのりだしていいます。

学校の帰り、二人は手をつないで、ほうれん草や麦畑《むぎばたけ》の中の小道を、スキップしながら有希の家に向かいました。

「ただいま」

有希の声に、お母さんはにこやかにむかえてくれます。

「まあ。さつきちゃん。いらっしゃい」

「こんにちは。おじゃまします」

有希《ゆき》はうがいをして、手を洗《あら》うと、自分の部屋へさつきちゃんをさそいます。

さつきちゃんは部屋へ入るなり、

「うわぁ！　すごい。こんな大きな金魚、見るの、初めて。ステキだね」

ほそい目をまんまるにします。

「名前はもうきめてあるの？」

おかっぱのさつきちゃんが、ながいかみの有希をふりかえります。

「一番大きくて赤いのがレディちゃん。尾《お》がふぁっとしてておひめさまみたいでしょ。えさをやろうとすると、一番先に食べに水面に顔をだすのはバクちゃん。赤白まだらで口が少し曲《ま》がって、くいしんぼうな顔してると思わない？　だいだい色のは小さいからチーちゃん」

「ぴったりした名ね。わたしにもやらせて」

有希はイトミミズをさつきちゃんにあげます。さつきちゃんの指先がふるえています。気持ちが悪いのか、きんちょうしているのかなと有希は思いました。

「レディちゃん。レディちゃん」

さつきちゃんが呼びかけると、レディがすうっと水面に顔をのぞかせ、えさをひとのみにしました。

「うわぁ！　レディちゃんてかわいいな」

さつきちゃんが目をほそめ、にっこり。

「バクちゃんたちにも、えさをやらせて」

もう、手はふるえてはいません。

でも、少しして、小さなためいきをつき、肩《かた》をおとしています。

有希はなぜか、とても、気になりました。


駅前の桜並木《さくらなみき》が満開《まんかい》になった頃《ころ》、おじいちゃんがタクシーで、たずねてきました。なにやら、荷物《にもつ》をいっぱい抱《かか》えています。玄関《げんかん》に入るなり、

「いつものかわりばえのしない物じゃが」

と、お母さんにキイチゴジャムをわたすと、

「いらっしゃい。ありがとう」

お母さんの顔がほころびます。

「ねえ、見て、見てぇ。おじいちゃん」

有希《ゆき》はおじいちゃんの手をひっぱって、自分の部屋へ入ります。

「久《ひさ》しぶりじゃな。おうおう、レディたちもえろう元気にしとるわい。有希。よーくがんばった。お母さんの電話だと、発作《ほっさ》もここのところないとは聞いていたが、顔色もいいいな」

「うん。ゼンソクの発作をおこすと、レディちゃんたちの面倒《めんどう》がみられなくなるでしょ。だから、好きな卵や牛乳もがまんしている。きらいなピーマン、ニンジンやタマネギも食べているよ。薬もちゃんと飲んでいる」

「そうか。偉《えら》い。今日は庭に池を掘《ほ》るぞ」

「ええ！　なんで？」

「レディたちもこの水槽《すいそう》じゃ、せまかろう」

「いや！　レディちゃんたちはわたしのもの。そばにおきたい」

有希はむくれて、水槽を背《せ》にします。

「有希は外で遊べない日があるから、せまいところへとじこめられるさびしさは、よーくわかるじゃろに……」

「いや！　ひとりぼっちになっちゃう」

「そんなことはない。あいたくなったら、池へ行けばいい。おてんとうさまの光をあびるのも、体にはいいんだぞ。それに、池は北風の当たらないところに掘る」

有希はとじこもりがちの自分を思い、ふるふる尾《お》をふって泳いでいるレディちゃんたちをしばらくみつめていました。すると、なんだかたまらなく、広いところへ出たがっているように思えてきたのでした。

有希はしぶしぶうなずきかえしました。

二人が庭にでると、空にはうす雲が広がり、やわらかい日差《ざ》しがふぁっとさしています。

おじいちゃんは、庭の南側の松《まつ》の前に、穴《あな》を掘りだします。

「お父さん。わたしも手伝うわ」

お母さんがスコップを持って走りよってきました。

「有希が外へ出るチャンスをふやした方がいいし、金魚たちにもいいと思ってな。歳《とし》をとるとせっかちになっていけない」

おじいちゃんが薄《うす》い頭をかき、赤い顔になりました。

「フフ、いいのよ。気づかってくれてありがと」

二人は池を掘《ほ》り進めます。その顔には、じき汗《あせ》がふきだし、ひかっています。

有希《ゆき》は掘りあがってできた土を松の根元へシャベルでのせていきます。

やがて、長さ一・五メートル、幅《はば》一メートルほどの池ができあがりました。

「やれ、やれ、やっと掘りあがったわい」

おじいちゃんは腰《こし》を伸《の》ばし、両手を広げ、うーんとそりかえりました。ひたいの汗をぬぐいました。そして、水色の大きなビニールシートを広げます。その上で、砂《すな》とセメントをまぜ、水を少しずつそそぎ、ねりあげました。

「穴《あな》のふちをぬるの、手伝いたい」

手を洗《あら》った有希はいっしょうけんめいに、木のへらで穴のへりをぬりだします。けっこう大変だけど楽しいのです。

おじいちゃんとお母さんは、穴の中へ入って、下の方のまわりをぬりかためていきます。やがて、底の部分にとりかかりました。二時間ほどすると、池はできあがりました。

三人はセメントのついた手で、汗をふくものですから、顔にしまもようができてしまい、たがいに指さしあって笑《わら》っています。

「有希、ご苦労さん。つかれたでしょ。顔や手足を洗ってゆっくり休みなさい。母さんは、好物《こうぶつ》のキイチゴジャム入りのポカポカドーナツをつくってくるから」

お母さんのうしろ姿《すがた》を見送りながら、おじいちゃんは両手を空につきあげるようにして、伸《の》びをしてから、腰《こし》をたたきました。

「わたしたちだけで作った池とは思えない」

有希は声をはずませ、着がえると、えんがわへすわります。

さらさらさわさわ、風が上気した有希の顔をなでていきます。大仕事をしあげた満足感にひたっていると、

「ようがんばったなぁ」

おじいちゃんの顔がほころびます。

少したったとき、お母さんがゆげのたったドーナツを持ってきてくれました。

有希の口にキイチゴのあまずっぱい春の香《かお》りが広がって、うっとりします。

「一仕事おえたあとは格別《かくべつ》じゃな。うまい！　池をみて、信行君《のぶゆきくん》も驚《おどろ》くじゃろな」

「突然《とつぜん》だし、有希も手伝ったなんて知ったら、りっぱな池にきっと驚くわね」

有希はお父さんの顔を思いえがくと、初めてほこらしい気持ちになりました。

「池には雨にそなえて、ビニールの布をかぶせておくが、明日、晴れたらはずしておくれ。セメントがかわいたら、水をはってもらいたい。色がしろっぽくなるからすぐわかる。あくをぬくんじゃよ。二、三日ほっといて、新しい井戸水を入れる。すまんが頼《たの》む。とりいれがあるから、しばらくは来《こ》れんでな」

「まかしといて」

お母さんは、ドンと胸《むね》をたたきました。

「一週間ほどしたら、水草を入れてほしい。金魚を放《はな》つ時には、外気《がいき》と水温《すいおん》が同じぐらいの時がいいんだ。温度には、くれぐれも気をつけてくれよ」

「けっこう大変なのね」

「あたしも、手伝うよ」

有希《ゆき》が身を乗り出して言うと、

「じゃ、お願いしようかな。風のないあたたかい日に、駅前の店で水草も一緒《いっしょ》にえらぼうね」

有希はうきうきしながら、お母さんをみあげます。

「あっ！　北風が吹《ふ》いてきた」

有希はそれがあいずのように、部屋の中へ入りました。

「今夜の夕食は有希の好きな蓮《はす》の包《つつ》み揚《あ》げにしようね」

「うわぁい、うれしいなぁ」

アレルギー体質を治す蓮に挽肉《ひきにく》を挟《はさ》んだものです。

「お父さんも一緒に食べていったら？」

「遅《おそ》くなるから、またにしよう」

「じゃ、変わりばえのしない煮物《にもの》だけど、おみやげに持っていって」

「わしはこれが楽しみでな。亡《な》くなったばあさんの味そっくりでな」


池へ金魚たちを放《はな》つと、有希は毎日のように池へ行き、イトミミズをやり続けました。

お母さんもいっしょに池へ行った時です。

「わたし、発作《ほっさ》のない時はゼンソクのことは忘《わす》れていたいの。お母さんもそうしてちょうだい」

「よーくわかったわ。元気になった証拠《しょうこ》ね」

有希《ゆき》はお母さんとの垣根《かきね》がとれた気がして、胸《むね》をなでおろしました。

学校が終わると、さつきちゃんがきてくれました。

「これが、有希ちゃんがいっていた、おじいちゃんといっしょに作った池なんだぁ。いいなぁ。大きいねぇ」

「えさをやってみる？」

さつきちゃんはこっくりすると身をのりだして、

「レディちゃん。おいで」

と大きな声でよびかけます。すると、レディがやって来て、大きな口でえさをひとのみにします。

さつきちゃんはこぼれるような笑顔《えがお》になりました。その時、赤白まだらなバクちゃんが水面に顔をのぞかせました。

「バクちゃんのくいしんぼう」

有希がおなかをかかえて笑《わら》います。

「せっかく、やって来たのだから、バクちゃんにもやろう」

有希はイトミミズをさつきちゃんにわけてあげます。チーちゃんにもあげ終えると、二人は顔をみあわせ、肩《かた》をすくめて笑います。

お母さんがおぼんにコップをのせ、池のそばへやってきました。

「ご苦労様《くろうさま》。あなたたちも、パイナップルジュースをどうぞ」

「いただきます」

さつきちゃんがいっきにジュースをのみほします。有希も飲みながら、みちたりた気分でした。その時、さつきちゃんがためいきまじりに庭をながめ、

「有希ちゃんちはいいなぁ。庭があって、池があって、おまけにステキな金魚までいる」

「でも、家を建《た》てたので、お父さんはいつも残業《ざんぎょう》でめったにあえないの。だからさびしいのよ。あたしは、元気なさつきちゃんがうらやましい。薬を飲まないですむように元気になりたい。思いっきり走りたい。団地でも、金魚なら飼《か》えるんじゃない?」

「うん。それはそうだけれど……」

さつきちゃんは言葉をにごし、もじもじしています。

有希《ゆき》は、さつきちゃんのさびしげな顔をまともに見ることができませんでした。

ある日の午後、いつものように、有希は池のへりにひざをついて、中をのぞきました。

けれども、金魚たちはなんべん呼《よ》んでも近寄《ちかよ》ってきません。有希は深いためいきをつき、涙声《なみだごえ》で、つぶやきます。

「あたしがきらいになったの？」

レディちゃんたちは、すばしっこく追いかけっこばかりして、三十分たっても四十分してもかわりません。

「食べないと生きていけないよ」

泣《な》きながら、家へかけこみます。

「どうしたの？」

お母さんがとぶようにやってきます。

「あたしが呼んでもしらんぷりで、えさも食べないの。あたしをむしして遊んで

ばかり。きらわれてしまったの」

ゴホン、ゴホゴボ、ヒューゴゴゴヒューヒュー

「わかったから、もう、泣《な》かないの。ますますせきこんで苦しくなるから」

お母さんが有希《ゆき》の背中《せなか》をさすりながら、目をうるませていいました。しかし、ぜんそくの発作《ほっさ》はおさまりません。

ヒューヒューゴボゴボ……ゴホン……

有希は体をくの字にして、せきこみます。ひや汗《あせ》が全身にふきだし、苦しくて苦しくてどうにかなってしまいそうです。顔が紫色《むらさきいろ》にはれあがり、なみだがあふれ、鼻水が出て止まりません。

お母さんは発作止めの薬を有希の口へ流しこもうとひっしです。やっと薬を飲ませると、せきこんで肩《かた》をはげしくふるわせている有希の背中をさすり続けました。

有希は発作の合い間に、ガラスごしに庭の景色《けしき》へ目をやります。すると、つかれきった目に、のら猫《ねこ》が横ぎっていくのが見えました。

次の日。おじいちゃんがかけつけてきてくれました。お母さんが不安で電話したのです。五月に入ったのに、雲が重たくたれこめています。あたりはぼんやり夕闇《ゆうやみ》のようになっています。まるで、紫色《むらさきいろ》のセロファンを通して見ているようなぐあいです。

ゼコゼコヒューヒューゴホンゴホン……

有希は胸《むね》に手をやってせきこんでいます。

「苦しかろう。なにも心配せずに、少し、眠《ねむ》るといい。おしめりがあるといいのだが」

おじいちゃんは寝《ね》ている有希の背中をさすりながらいいます。

「これでも、昨日《きのう》にくらべるといいの」

お母さんは有希のまくらもとで、おじいちゃんにささやきます。

「安静《あんせい》がいちばんじゃよ。ほら、本を持ってきた。眠ったようだから、あとで読んでやってくれ。麦《むぎ》の取り入れがおくれているので、手がはなせんのでな。お医者さんは、何と言ってる」

「往診《おうしん》してくれ、注射《ちゅうしゃ》してくれたわ。おちつくまで、来てくれるって」

「そりゃぁ。ありがたいな。力になれんで、すまん。少し、落ち着いたから帰る。また来るでな」


三週間後。おじいちゃんがやってきました。

まだ、有希《ゆき》はときどき発作《ほっさ》があるので、気持ちがはれません。気分を変えようと、桃《もも》色や黄色、白のバラへ目をやります。やがて、有希はなにげなくおじいちゃんの後《うし》ろ姿《すがた》をみつめました。

おじいちゃんは池のほとりにたたずみ、じっと、池の中をのぞいていました。でも、じき、しゃがみこみ、頭を両手でおおったのです。

有希はおじいちゃんは気分がわるいのかと、せきこみながら、サンダルをつっかけ、家をとびだします。

「来ちゃ、いけない！」

おじいちゃんは池を背《せ》に、通せんぼをします。有希ははじかれたように、その腕《うで》をかいくぐると、

「いない！　レディたちが見えない！」

と叫《さけ》んで、池のへりにはいつくばり、スイレンの鉢《はち》を外へ出しました。

にごり水がおさまると、池の底が黒ぐろとしているだけでした。

有希はくずれるようにへたりこみ、ふるえます。

「レディたちが消えたのは、のら猫《ねこ》のせいじゃろ」

おじいちゃんがしんみりといいました。

「猫が金魚をおそうなんて……。そういえば、この間、庭でのら猫をみた

……」

胸《むね》が痛《いた》くて涙声《なみだごえ》になっていました。

「金網《かなあみ》をかけておくのだった。おじいちゃんがわるかった」

有希は手を合わせ、レディ、バク、チーちゃんたち、こわかったでしょう、苦しかったでしょう……と、金魚たちにあやまりました。金魚たちがかわいそうでなりません。次から次へと涙《なみだ》があふれ、ほほをつたいます。

「また、新しい金魚を買ってあげるから」

「おじいちゃん、レディたちは友だちだったのよ。かけがいがないの」

「そうか、わるかった」

おじいちゃんは目をしょぼつかせ、どうしたものかと、考えこんでしまいました。

(家の中にいたら、猫《ねこ》におそわれなくてすんだはず……)

泣《な》き続ける有希《ゆき》を抱《だ》きあげて、おじいちゃんは家の中へつれていきました。せきこみは続きました。

夕方、さつきちゃんが学校をやすんでいる有希を心配して、たずねてきました。お見舞《みま》いにと、おりづるをいっぱいおってきてくれたのです。金魚が猫におそわれた話をすると、「元気だして」とはげましてくれました。

その夜、有希がこうふんしてねつかれずにいると、お父さんが大きなキリンのぬいぐるみを抱《かか》えて帰ってきました。枕元《まくらもと》で、のぞきこんでいます。

「こんな遅《おそ》くまで眠《ねむ》れずにいたのかい。体《からだ》にわるいぞ。金魚のことはつらかったろう。お父さんと寝《ね》るか？　キリンちゃんと寝るか？　それともお母さんがいいのか？」

有希は泣きつかれぼうっとした顔で、キリンのぬいぐるみを抱《かか》え、

「もう、小さい子じゃないのよ」

といいながらも眠りに落ちていきました。


初夏の太陽がもえるようにてりつけています。あれいらい、ぜんそくが続いていますが、ひどい発作《ほっさ》はおさまっています。病院の大野《おおの》先生が、

「そろそろ、外へでてもいい。でも、薬だけはちゃんと飲むこと」

と、いってくれました。

池では、白や桃色《ももいろ》のスイレンが咲《さ》いています。有希は近くで花をみようと足を運びます。むあっとする風が吹《ふ》いてきます。さざなみの立つ水面に目をやった時、なにかがちらっと動いた気配《けはい》。思わず池のはたに両手をついて身をのりだします。目をこらしのぞきこみます。

と、メダカの群《む》れが泳《およ》いでいるではありませんか。お母さんがメダカを入れたのかしら……。なおも首をつきだし、水面すれすれに顔を近づけます。少し赤みがかっています。胸《むね》をぎゅっとつかまえられたような喜びが体中《からだじゅう》に走りました。

「うあっ！　レディたちの子どもだぁ」

有希《ゆき》は両手をあげて、とびはねました。

「お母さん。きてきてぇ。レデイちゃんたちの子どもがいるよう」

「ええっ！　なんですって」

お母さんが声とともに、かけつけてきました。

「まあ！　ほんとうに。よかったね。有希」

「おじいちゃんに、電話してくる」

有希は家の中へかけこむと、受話器《じゅわき》をとり、プッシュしました。

「もしもし、おじいちゃん」

顔がかがやき、はじけます。

「あー、有希、めずらしいな」

「レディちゃんたちの子どもが、いっぱい生まれたの。もう、メガカぐらいになっている」

「そうか。そりゃぁ、良かった。ともぐいするといけないから、これからすぐ、ワムシやミジンコをお母さんに買ってきてもらってやるといい。おじいちゃんは手のはなせないことがあってな。できるだけ早く行く」

おじいちゃんの声もいちだんと高くなっています。

有希はわきあがってくる喜びに、目も顔もまぶしいほど輝《かがや》いています。

「待っているね。できるだけ早くきてね」

「わかった。今度こそ、金網《かなあみ》をはるからな。家の水槽《すいそう》で五、六匹《ぴき》なら飼《か》える」

有希はうれしくて口がほころびっぱなしでした。

その夜。めずらしくお父さんが仕事を持って、八時に帰ってきました。

「おかえりなさーい」

有希は玄関《げんかん》に走《はし》り、お父さんにとびつきました。

「ねぇ、ねぇ。聞いて。池で金魚がいっぱい生まれたの。レディちゃんたちの子だよ」

「よかったなぁ。有希が金魚たちのことを思っていたからかもしれないな」

「おじいちゃんにも知らせたの」

「喜んでいたろう」

「うん。えさのミジンコとワムシ、お母さんと二人であげたのよ。金魚たち、すごく喜んでいっぱい食べてくれた」

「そうなのよ、あなた。見つけるのが早くて、本当によかったわ」

お母さんの目がまぶしそうに、笑《わら》う有希《ゆき》にそそがれました。


久《ひさ》しぶりに学校へ行った帰り。有希はランドセルをしょって、さつきちゃんのそばへ行きました。

「今日、あたしの家へ来ない？　レディたちの子がいっぱい生まれたの」

さつきちゃんはあっけにとられたように、口をあけたままです。

「ほんとのことよ。もう、メダカぐらいの大きさ」

「うわぁ！　そう。きせきね。行く」

「どれでも、すきなの、五、六匹《ぴき》あげる」

「えっ！　いいの？」

「三十匹ぐらいいて、一人では飼《か》い切れないの。先にえらんで」

さつきちゃんの目がうるんでいます。

二人は足早に校門を出ました。少しして、さつきちゃんは、足元へ目をやったきり、だまりこんでいましたが、とつとつと話しはじめます。

「ほんとうはね。有希ちゃんと同じように、金魚がほしかったの。でも、うちはお母さんも働いていて、いそがしがっているから、ねだれるふんいきじゃなくて、言えずじまいだったの……」

「そうだったの。見せびらかすつもりなんかなかったのよ」

「わかっているよ。そういうのって、感じられなかったもの」

有希はほっとし、かたまっていた体の力がぬけていくのでした。風がさわりさわり吹《ふ》いています。二人は、ほうれん草やだいこんの畑の中の小道を歩いて有希の家をめざします。たどりつくと、さつきちゃんは池へ走りより、

「すごい！　いっぱいだぁ」

有希をふりむいて、叫《さけ》びます。

気の早いアブラゼミがモチの木の上でないています。

有希はビニール袋《ぶくろ》に池の水を入れてから、網《あみ》を手わたしました。

さつきちゃんは、目をきらきらさせて、長い時間をかけて、金魚をえらんでいきます。

「えさのミジンコも、水も持って帰るといいよ。一ヶ月にいっぺんぐらい水道水

をくみおきして、半分替《か》えるといいって」

「ありがとう」

さつきちゃんの目がぬれています。

「わたしも、五匹《ひき》ぐらい、水槽《すいそう》で育てようと思っているの。いっしょね。楽しみだね」

「どんな色や形にそだつか、大きくなるの、待ち遠しいなぁ」

夕暮《ゆうぐ》れの陽《ひ》がひときわ明るく燃《も》え上がって、二人の輝《かがや》く顔を照《て》らしていました。

花《はな》束《たば》

学校の帰り、五年生の理絵《りえ》と千賀子《ちかこ》は肩《かた》を並《なら》べて歩いていた。

「千賀子はいいな。いつも、きれいな花に囲《かこ》まれて住んでいるのですもの」

理絵がうっとりした声でいう。レースの襟《えり》の水色のワンピースが色白の顔をひきたてている。

小さな花屋の娘《むすめ》の千賀子は、ほめられて悪い気はしない。思わずほほえみかえした。

「わたし、大きくなったら、花屋さんになるのが夢《ゆめ》なのよ」

「エエッ！　本気でいっているの？」

千賀子は細い目をいっぱいに開いた。

「そうよ。お花の中にいると、夢《ゆめ》の中にいるみたいで、思っただけでも、うっとりしてしまうわ」

ふしくれだったお父さんの手を思い浮《う》かべた千賀子は、けっこう重労働《じゅうろうどう》なのに――と思った。

「どうしたの？　千賀子には夢がないの？」

理絵は不思議《ふしぎ》そうな顔をしている。

―わたしには　夢がない―

千賀子はばつが悪くなり、思わず下を向いてしまった。

「ねえ、元気をだしてよ。そうそう、ピアノの発表会が一月の第三日曜日にあるのよ。あと三ヵ月。今日もこれから練習するから。ぜひ、来てちょうだいね」

「ピアノのことはよくわからないもの……」

千賀子はかすれた声で言葉をにごした。

「感じたまま言ってほしいの。それだけでいいから来てよ」

「でも、お花の先生の所へ、花束《はなたば》をとどけないとならないから」

何となく気がすすまない。いいよどんでいた。

「それが終わってからでいいわ。待っているわね」

理絵は千賀子の肩にそっと手をかけてから、かけだして行ってしまった。長いかみの毛が風におどっていた。

「こんにちは。花村《はなむら》花店です。東本《とうもと》先生、お花をとどけに来ました」

千賀子は前が見えない程《ほど》の花束を抱《かか》えて、先生の玄関《げんかん》の前で声をかけた。

東本先生《とうもと》の家は一間《ひとま》きりで、花村花店《はなむら》のすぐ裏《うら》にある。二軒《けん》の間にはへいがなく地続きだ。

「ちょっと、待ってて」

たてつけの悪い戸がぎしぎし開かれた。

千賀子《ちかこ》はかたちばかりの玄関《げんかん》の板の間に花束《はなたば》を置《お》いて、顔をあげた。白いかみをひっつめて、後ろで束《たば》ねた先生が笑《わら》っている。大きな眼、色黒の顔の中で大きな鼻があぐらをかいている。

悪いと思いながら、いつものように笑ってしまった。

「こら、おちゃめさん、あとのも頼《たの》むわよ」

体の小さい東本先生は右足が悪く、七十歳《さい》を越《こ》える年だ。一人で住んでいる。親せきもないそうだ。それなのに、明るくほほえみをたやさないから偉《えら》いというのがお母さんの口ぐせ。

千賀子は花を運び終えると、笑いをかみしめて、家へかけもどった。あがり口へ腰《こし》をおろすなり、声をたてて笑いこける。

「まったく、しょうのない子だねえ。先生はお心が広くていらっしゃるから、怒《おこ》ったり、嫌《いや》な顔もなさらないのよ」

「だってえ、笑いがとまらないのよう。じゃ、理絵《りえ》の家へ行ってくる」

話しながら、もう店先へでていた。

「お父さんがかぜでねこんでいるから、千代《ちよ》をみててよ。妹のめんどうぐらいみなさい」

しりあがりに高くなるお母さんの声が背中《せなか》から追ってくる。

千賀子は聞こえないふりをして走り続けた。


千賀子は応接間《おうせつま》に通された。理絵のひくピアノの音が高く、時には低く流れている。ショパンのノクターンだった。うっとりしながら、まわりをみまわした。前来た時と違《ちが》って改築《かいちく》されていたからだ。

応接間は十畳《じょう》くらいの広さで、天井《てんじょう》がやけに高かった。右手には石造りの暖炉《だんろ》にガスストーブが置《お》いてあり、モザイク作りの壁《かべ》。床《ゆか》にはギリシャ模様《もよう》のフカフカのベージュのジュウタン。すわっているソファは黒革《かわ》だった。

天井が低く暗くて、どこかじめじめしている自分の家とは大ちがい。気がめいりほおがほてった。せめて手を洗《あら》って来るのだったと後悔《こうかい》して、しきりにハンカチで手をこする。はずかしくて鼻の頭に汗《あせ》がふきでた。こんな家に住みたいといったら、理絵《りえ》は笑《わら》うだろうなーと思うと、よけい顔がほてってくる。

白いレースのカーテンが風にゆれるたびに、金モクセイの香《かお》りにつつまれる。

「よく、おいでなさいましたね」

理絵のお母さんがドアノブを押《お》して入ってきた。

立ち上がり、ぎこちなく頭を下げる。

「手作りのケーキなのよ。めしあがってね」

ガラスのテーブルの上へ、レモンジュースとショートケーキの皿《さら》を置《お》いた。さくら色のマニキュアがぬられた白い手が、やけにまぶしく感じられた。

千賀子《ちかこ》はあれたお母さんの手を思い出した。ますますおちつかない。流れているノクターンの調べもうわのそら。こんなことなら、妹の面倒《めんどう》を見ていた方が良かった。

しばらくして、理絵がピアノのふたをしめてそばに座《すわ》った。

「ねえ、どうだった？」

「と、とっても上手《じょうず》ね」

あわてていった。

「そう、うれしいな。そうだわ、お花を習おうと思っているの。花屋さんになるには、それぐらいのことおぼえておかなくちゃあね。千賀子の家の裏《うら》の先生、評判《ひょうばん》がいいんだってね。一緒《いっしょ》に習いに行こうよ」

「そうね」

千賀子はあいまいに答えた。

次の日、千賀子のお父さんがかぜをこじらせて、高熱を出した。妹の千代も熱がある。お母さんは二人の看病《かんびょう》に追われていた。

千賀子は学校から帰ると、店番をしながらためいきばかりついていた。こんなのが理絵の夢《ゆめ》なのかな。店にお客さんがあまり来ないので、かえって疲《つか》れた気がする。お父さんにもこんな日があったのだと思うと、店をやるむずかしさがずっしりと胸《むね》にこたえた。夜になり閉店《へいてん》したあと、花や枝《えだ》ものの水切りや水の取替《とりか》え、しおれかかった葉のしまつをした。花や葉をいためずにするには、なれない千賀子には時間がかかった。ていねいにやっても、きちょう面なお父さんのようにはいかなかった。テレビも見られないし、お腹《なか》はすくし、早くお父さん、なおらないかなあ。

「ご苦労《くろう》だけど、裏《うら》へごみ捨《す》てて来て。千代も熱があがってしまってむずがっているの」

後《うし》ろからお母さんの声がした。床《ゆか》をはきながら、うなずくと、

「今日は商売あがったりだったね。でもよくがんばってくれたわ。ほんとにたすかった。こんな日もあるのよ」

レジをあけながら、お母さんがほほえみかけてくる。千賀子《ちかこ》も笑《わら》いかえした。時計を見ると十時十五分だった。

「今日は宿題がなくて良かった」

つぶやきながら戸を開ける。冷たい風が吹《ふ》きこんできた。首をちぢめて、空を見上げると月は出ていない。ごみを抱《かか》えて、店の裏手へ回った。と闇《やみ》の中で何かがいる気配《けはい》。ぎくっと足がすくむ。背《せ》すじに冷《つめ》たいものが流れた。その時、お母さんが台所の電気をつけてくれたらしく、うすあかりがもれて来た。目をこらす。

「先生……、東本《とうもと》先生じゃないの？」

「あっ！　びっくりした。千賀ちゃんかい」

黒っぽい着物を着た先生がこちらをふり向いた。左手にはかいちゅう電灯《でんとう》を持っていて、ふるえている。右手には小菊《こぎく》と雲流柳《うんりゅうやなぎ》のきれはしを持っている。嫌《いや》な感じ、ごみなんかひろっちゃって……。

「ごみを捨《す》てに来たの？　偉《えら》いねえ」

「お父さんや千代がかぜでねこんだから、今日はしかたなく店番だったの」

ぶっきらぼうに答えた。

「そうかい、大変だったわね。ちょっとおよりよ。甘酒《あまざけ》がつくってあるから」

東本《とうもと》先生は千賀子に声をかけておきながら、家へ入るとすぐに、床《とこ》の間《ま》のすぐ脇《わき》の柱にむかって立った。ハサミの音がする。

千賀子《ちかこ》は先生の悪い足だけつまさきだっているたびの白さをみつめた。

「遠慮《えんりょ》しないの。あがり口にいないで、こちらへあがって」

後ろをふりかえらないで、先生が言った。

茶ダンス一つしかない部屋の中は、甘酒のあまい匂《にお》いがみちていた。思わずごくりと生つばをのむ。そして、先生の手許《てもと》をみつめた。

柱には、竹筒《たけづつ》がかかっていた。雲流柳《うんりゅうやなぎ》の曲がりくねった枝の間から、黄色い小《こ》菊《ぎく》がひっそりとしかも輝《かがや》いて見えた。

千賀子はそのふしぎな美しさに息をのんだ。あれが、今さっきのごみとは思えなかった。そんな風に思った自分がはずかしくなった。すいよせられる思いで、先生の横顔をみた。ひかりをおびた先生の眼《め》は、まっすぐに花にそそがれている。なぜか美しい。驚《おどろ》きが体中に広がった。

「待たせてごめんなさいよ。生徒《せいと》さんが捨《す》てていったのを拾ったりして、さっきはびっくりしたでしょ、でも命あるものは捨てずに生かさなくちゃあね」

先生はふりむいて、顔をほころばせている。

「先生ってすごい。マジシャンみたい」

「まあ、お花がわかるのね。うれしいことを言っておくれだこと。でも、甘酒しかでないわよ。ウフフフフ」

先生は台所からお盆《ぼん》にのせた甘酒を運んできてくれた。白いゆげがゆっくりと紫色《むらさき》をおびてゆれながら、立ちのぼっていく。

「働いたあとだから、よけいおいしいわよ。それにしても、偉いわ」

「偉くなんかないよ。ほんとうは遊びたいし、テレビも見たいもの。しぶしぶ働いたの」

「そういう正直《しょうじき》なところが、先生は大好きよ。千賀ちゃんのいいところだね」

「先生、どうして、足を悪くしたの?」

と、気にかかっていたことがつい、口をついて出てしまった。ほんのり酔《よ》った甘《あま》酒《ざけ》のせいかもしれない。

先生の眼《め》がくもった。悪い足をつかんだひざの上の手に力が入る。千賀子《ちかこ》はしまった、聞くんじゃなかったと思った。

「むかしね、東京大空襲《くうしゅう》といってね。東京は火の海になったのよ。日本はアメリカと戦っていて、ばくげきをうけたの。昭和《しょうわ》二十年の三月九日から十日にかけてだったわ。娘《むすめ》の洋子《ようこ》が、火の海の中で、母さん助けて！　ってひめいをあげていたのに、わたしは柱の下じきになって動けなかったの。足がちぎれても助けたかったのに……。その時、足をいためたの」

先生の声はくぐもっていた。その眼は遠くをみていた。

「ごめんなさい」

千賀子は深く頭を下げた。冷汗《ひやあせ》をかいていた。悪いことを聞いてしまった。戦火の中で死んでしまったという幼い子の姿がまぶたに浮かぶ。涙がにじむ。

しばらく、二人はだまっていた。

やがて、先生は静かな口調《くちょう》でいった。

「平和への祈《いの》りをこめて、花をいけているのよ」

「先生、わたしにお花を教えてください」

千賀子はきっぱりいうと、深々《ふかぶか》と頭を下げた。


一週間後、かぜのなおったお父さんに、千賀子は店先でまくしたてる。

「ねえ、ねえ、お花を売るにはさあ、お花を習うのって、とっても役に立つんだよ」

「へーえ、お前らしくもないことをいう。いつも、店番を頼《たの》むとふくれっつらしているのに」

「アルバイト代が安すぎるからよ。花売り、毎日、二時間する。お金はいらないから、裏《うら》の先生のところへ習いに行ってもいいでしょう」

お父さんの腕《うで》をゆさぶって、あまえ声でねだった。

「ふくれっつらをしていたら、お客さんは来てくれないよ」

「しない、絶対《ぜったい》にしないよ」

「裏《うら》の先生、お茶もやっておられるから、行儀《ぎょうぎ》見習いにもなる。どうせ、長続きしないと思うけど、やらせたら」

母の一言《ひとこと》で話は決《き》まった。


まず先生が先にお花をいけて、見本を示してくれる。天地人《てんちじん》と鉢《はち》の長い方の一・五倍の長さを切って、長い方から三分の二ずつの長さにして三角形にいける。千《ち》賀子《かこ》も理絵《りえ》も一度水ばんから花を抜《ぬ》いてから、いつものように改《あらた》めてまねしていける。しかし、どんなに一生懸命《いっしょうけんめい》いけても、しまりのない花になってしまう。それを先生が三本ほどいけなおすと、生き生きと美しく見えてくるから不思議《ふしぎ》だ。

千賀子はうーんとうなって感心しきっていると、理絵が耳元《みみもと》でささやいた。習いだして二か月後のことである。

「今日でお花を習うのをやめるわ」

「どうして?」

「だって、手がよごれるんですもの」

「そんなの、当《あた》り前じゃあないの。お花屋さんになったら、もっとよごれるよ」

「お花はまわりにかざって見ているからいいのよ。わたしは、ピアニストになってもいいし、音楽の先生になってもいいの」

千賀子はにが笑《わら》いをした。

「塾通《じゅくがよ》いの予定もつまっているのよ。それに両親が勉強一途《いちず》にやれってうるさいのよ」

理絵はむきになって弁明《べんめい》している。

千賀子は自分を自由にしてくれる両親がありがたいなと思った。


両親は千賀子がにこにこしながら、店番をしているのにおどろいた。それに、千賀子が店番をすると、今ではとても良く売れる。

「トイレにでも、飾《かざ》って下さい」

と、三日ほどしか持ちそうもない花々《はなばな》をおまけしてあげるせいでもあった。命あるものは生かさなくちゃと雲流柳《うんりゅうやなぎ》と黄色の小菊《こぎく》を大切にしたあの日の東本《とうもと》先生の言葉が忘《わす》れられない千賀子だった。


千賀子《ちかこ》は理絵《りえ》のピアノの発表会へ持っていく赤いバラとランのオンシジウムと

カスミ草の花束《はなたば》をつくった。赤いバラは理絵の一番好きな花だからだ。

——ピアノの発表会おめでとう。わたしもやっと夢《ゆめ》が持てるようになりました。お花をアレンジする先生になることです——

花束には、千賀子の手紙がそえられていた。

トモばあさんの味

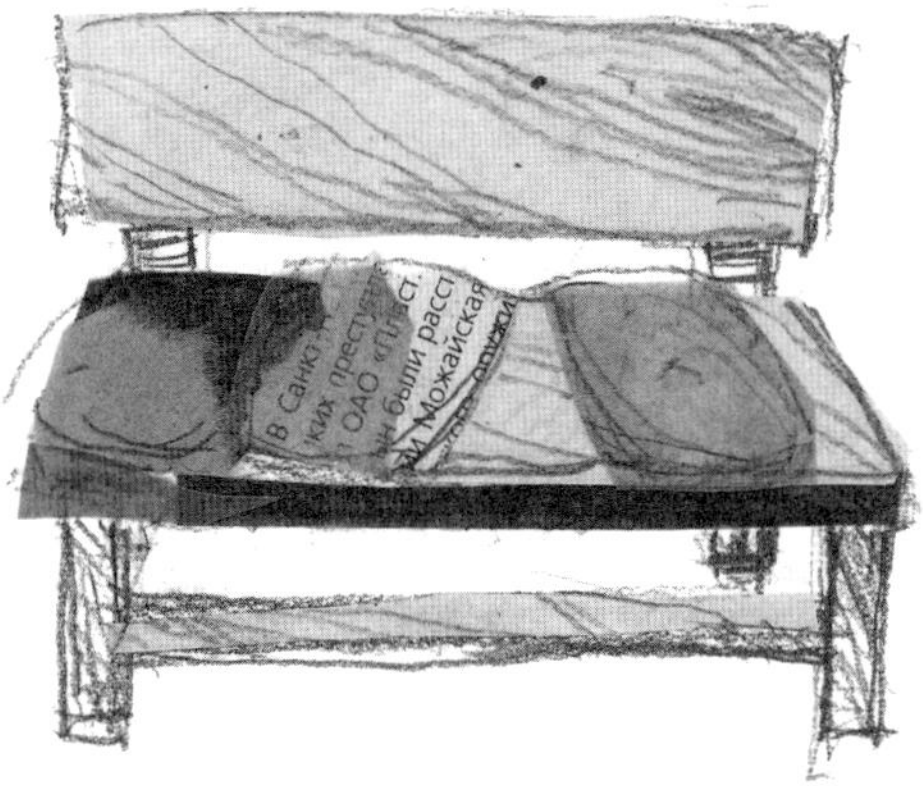

初めての東京オリンピックから数年後のこと。

トモばあさんはいつもの散歩道《さんぽみち》にあきたらなくなり、公園をつっきると大通りを渡《わた》った。すぐ右側の会社らしき庭には彼岸桜《ひがんざくら》が夕映《ゆうば》えに輝《かがや》き香《かお》っていた。

左の方の殺風景《さっぷうけい》な工場のフェンスのはり紙へ、なにげなく眼《め》がいった。近づいてじっと見入る。

そこには「工場でお掃除《そうじ》をする人を募集《ぼしゅう》中。元気で明るい女の人」と書いたはり紙が風にゆれていた。

トモばあさんは色いろな仕事をしてきたが、掃除婦《そうじふ》はしたことがないから、時給《じきゅう》の安いのはさして気にならなかった。働けるようになるといいなと思った。

フェンスの奥《おく》の二階建《だ》てのスレートでできた工場を見上げる。

「気づかなかったよ。近いのが何よりいい」

左手のフェンスの扉《とびら》を入り、急な鉄の表階段《かいだん》を手すりにつかまってゆっくりあがる。

受付の女性事務員《じょせいじむいん》はソロバンをはじいていた。

「はり紙を見てきたのだけれども……」

その後ろの社長らしき男の人が立ち上がって出てきて、かん高い声でいった。

「この会社は学歴《がくれき》より、やる気のある人が多い。あの給料《きゅうりょう》でいいのなら、明日から来てほしい。八時に始まる。六時には門があいているよ」

トモばあさんはにっこりして頭をさげた。


トモばあさんの夫《おっと》は定年で年金をもらい、働いていない。家にいる夫と一日中顔をあわせるのはあきていた。

夫はきれい好きでまじめでゆうずうがきかない。家の中のことはとっととやってのけ、片付けるのが趣味《しゅみ》みたいな男だ。困《こま》ったことにタンスの中までしょっちゅう模様替《もようが》えされて、自分の服のありかにとまどってしまう。

トモばあさんのやれることといったら、料理ぐらいだ。口うるさい夫から解放《かいほう》されたかったから、働ける場所をみつけてわくわくしていた。


次の日から、トモばあさんは工場へだれよりも早くやって来た。

広いコンクリートの前庭を掃《は》き、打ち水をした。工場内の十メートルもある大きく高い機械《きかい》のならんだ下の床《ゆか》も掃《は》き終わった。

「おはよう」

次つぎにやってくる若者達《わかものたち》は目を丸くした。けしょうっけのない、ほほの赤いトモばあさんがうっすら汗《あせ》をかき、にこにこと出むかえたからだ。

三十代で小柄《こがら》な人がにこやかにいった。

「おはよう。平井《ひらい》というんだ。よろしくね」

ひょろっとした豊田《とよだ》工場長も頭を下げる。

「高野《たかの》トモといいます。こちらこそ、よろしくおねがいしますだ」

半月が過ぎると、働く人達はいつしか、トモばあさんの笑顔《えがお》につられて、顔がほころぶようになった。

「おや？　右手が悪いのかい。気づかなかったよ。不自由だろうに。えらいねぇ」

平井さんは頭をかき、ひたいの汗《あせ》をぬぐう。

「右手を機械にはさんじまってこのしまつ。ま、障《しょう》がいがあっても左手で全《すべ》てやれるよ」

トモばあさんは平井さんにまじめな顔で返事されると感心しきった。

工場の従業員は三、四十代が多く、ほとんどが子どもを持つ親でもあった。

トモばあさんは休憩室《きゅうけいしつ》へ戻《もど》ると、奥《おく》まったところにあるガス台でゆげをたてているヤカンの前に立った。みんなに茶を入れる。みんなは次つぎと茶をすすり、

「ごちそうさん」

といって、自分の持ち場へ去って行く。

「けがをしないようにね」

その背《せ》に明るい声をかけた。


その日。トイレ掃除《そうじ》。油でぎとぎとした作業着の洗濯《せんたく》。休憩室の東側の窓際《まどぎわ》、陽《ひ》の当《あ》たる所へ洗《あら》い上がったものを干《ほ》し終える。初めてすわった。

休憩室といっても、コンクリートの壁《かべ》に鉄骨《てっこつ》がむきだし。茶色がかった布《ぬの》のまかれたじょうき管《かん》が壁際《かべぎわ》に並《なら》んだベンチの下にあった。木のベンチの上には、少し汚《よご》れた色とりどりの小さな座布団《ざぶとん》が置《お》いてある。その中央に鉄のストーブ。

「やれやれ、ちいっと疲《つか》れたよ。体がなまっているせいかねぇ。ま、神経痛《しんけいつう》の痛《いた》みも春になったからか、よぐなってよかった。よかった」

昼休み近くなると、次つぎと休憩室《きゅうけいしつ》の鉄の扉《とびら》が開く。ブオーンと機械《きかい》の音。機械油の臭《にお》い。高い天井《てんじょう》まで届《とど》きそうな機械の上に、人の頭がのぞくだけで、その姿《すがた》は見えない。

トモばあさんは工場を出て、前庭のフェンスへと足を運んだ。塀《へい》に沿《そ》って下の土を掘《ほ》りおこす。三十センチほどでスコップの先が砂利《じゃり》に当《あ》たった。

「何か、植えたいな。おむかいじゃ、植木も手入れがされているし、よそでは桜も咲《さ》いてはなやかなのに、ここは雑草《ざっそう》のはえる土地も少ない。さびしすぎはしないかねぇ」

次の日、トモばあさんは家から、早まきのひまわりの苗《なえ》や、コスモス、朝顔の種を持ってきて水をやっていた。タンポポコーヒーも持ってきた。

「おばさん、おはよう。朝から、せいがでるねぇ」

出勤《しゅっきん》してきた従業員達《じゅうぎょういんたち》の声がはずむ。

「やだよう。ばあさんをおだてて。おばさんなんて。何も出ないよ」

トモばあさんはてれ、はずかしそうに顔を赤らめた。

休憩室へ入ると、平井さんが目を細めて声をかけてきた。

「おばさん。このタンポポコーヒー、うめえよ。気持ちが入ってらぁ。うれしいよ」

それからというもの、みんなはトモばあさんをおばさんというようになった。

「おはよう」

「ごくろうさん」

十五人ほどが働く工場は、急に活気《かっき》づき、にぎやかになっていく。

中央には鉄のストーブがあるが、休憩室の奥《おく》まったところのやかんから、ゆげが朝日に照らされゆらゆらとたちのぼっていく。

みんなが作業着になり仕事場へむかった後、トモばあさんは座《すわ》りかけ、はっとした。

「今日も忘《わす》れている。事務所《じむしょ》へ行かねぇと」

二階まで、手すりにつかまってゆっくり上がっていった。

三十ぐらいの女性《じょせい》事務員田中《たなか》さんをからかう。

「若《わか》いって、いいねぇ、べっぴんさんだよ」

「いやだぁ」

田中《たなか》さんはくすくすと笑《わら》い、

「お茶入れも終わったから、手伝うわ」

モップを手にした。

「そうかい。いつもすまないね」

トモばあさんの掃除《そうじ》の仕方《しかた》は、おおまかだ。

田中さんが、ぬれてない床《ゆか》を掃除してまわる。

二人は掃除し終えると、流しの前の空間にしゃがんだ。

「今日もまた、あんたにやっかいかけちまった。助かったよ。昼からは、てんぷらをやるからもって来るよ。楽しみに待っていなよ」


工場の前を左に折《お》れ、道沿《ぞ》いに行くと土手《どて》へ出た。トモばあさんは川のほとりを歩いた。

川の脇《わき》にはいくつもの空地《あきち》がある。こわした住宅の土台だけの土地も草原になっている。トモばあさんの手には小さなシャベルがにぎられていた。タンポポをみつけると、その根へシャベルをつき立て掘《ほ》りおこす。日本タンポポもあれば、茎《くき》の長い西洋タンポポもある。かまわず根ごとぬいた。やがて、ひろげたかっぽう着いっぱいになると、ゆっくりゆっくり工場の休憩室《きゅうけいしつ》へ戻る。タンポポを根、葉、花にわけて洗《あら》う。同時につんだハコベも。ギボシも。

「どっこいしょ。そろそろ始めるとするか」

時計の針《はり》は十時三十五分をさしていた。

トモばあさんは鼻歌《はなうた》まじりにタンポポの根をいためてキンピラにした。皿《さら》にでき上がったのを盛《も》る。

次はハコベやアカザとギボシをゆがいて、ごまあえや酢《す》の物にした。タンポポの葉と花をふきんでふく。てんぷらにするのだ。

みんなの笑顔《えがお》を思い浮《う》かべながら、ちょうどいいかげんに油が煮《に》たってくると、水でといたうどん粉《こ》の中へ、太陽の光りのかたまりのようなタンポポの花をまず入れる。葉も。そして色どりよく千切《せんぎ》りの人参《にんじん》もあげ終わる。

一休みして昼休みを待つ。

調味料《ちょうみりょう》も家から持って来たものだ。十二時十五分前になった。働いていた人たちが次つぎと入って来た。機械《きかい》を止めるわけにはいかないので、手の休められる順に休みをとるのだ。手も顔も油まみれで、作業着には汗《あせ》がにじんでいる。

「うまそう。おれらに作ってくれたの」

ボイラーマンの斉藤《さいとう》さんがにこやかにいう。

豊田《とよだ》工場長もやって来た。

「めんどうかけるな」

「好きでやっているんだよ。ほとんど金もかからないしね。それより、手や顔を洗《あら》ってきな。ぐずぐずしているとさめるよ」

「おばさんには、かなわない。さからえない」

笑《わら》いながらそれぞれ手洗いをすませて、自分の席《せき》へ戻《もど》り弁当《べんとう》を開く。どの顔も子どもの眼になって出された茶をすすり、てんぷらを口にした。

「へーえ、タンポポが食べられるって知らなかった」

「初物《はつもの》を食べると、たしか、長生きするってよう」

「このタンポポ、ほろにがくてうまい」

口ぐちにいう。

「小さい頃《ころ》、タンポポの葉で笛《ふえ》をつくったのを思い出すなぁ」

と、一番若《わか》い春木《はるき》さん。

「さ、たんとおあがり。体にもいいし、いっぱいあるからよう。あっ！　事務所《じむしょ》の子の分を忘《わす》れていたよ」

取り分けて、田中《たなか》さんに届《とど》け終わる。

嬉《うれ》しそうだった田中さんの笑顔《えがお》を思いだしながら、トモばあさんは休憩室《きゅうけいしつ》へ戻《もど》った。みんなをみまわす。どの顔も食べるのに夢中《むちゅう》だ。

「おふくろさんを思い出すよ」

「うめえうめえ」

目尻《めじり》がたれ下がっている。

「大変だったろう。採《と》ってくるのにもさぁ」

平井《ひらい》さんのねぎらいのことばもとぶ。

「あんたこそ。よくがんばるよ。わたしゃ負けてられないよ。みんなの笑顔で、疲《つか》れなんかすっとんでしまうわ。がんがんお食べよ。力がつくからね」

みんなの顔もくずれた。笑《わら》い声がうずまく。

そのあいだを回《まわ》ってはお茶をついでから、今度は冷《ひ》えた麦茶を用意する。

「ごちそうさん、ありがと」

みんなは束《つか》の間《ま》の休みをとって、あわただしく、次つぎと職場《しょくば》の持ち場へと戻っていった。

「けがするんじゃないよ。三時にはタンポポコーヒー用意しておくからよう」

トモばあさんの明るい声がその背《せ》にとぶ。

六月が近くなると、トモばあさんはますますいそがしくなった。みんなの輝《かがや》く顔みたさに、ついはりきってしまう。
足をのばして、ギボシ、ヨメナ、ハコベを山ほどつんだり、ノビルをとったり、

ユキノシタの葉をあつめたり、タンポポを掘《ほ》りおこしたりもした。それらをかっぽう着をひろげて入れる。全部とったりはしない。所どころ根を残したり、時には新芽《しんめ》だけをのこす。そろりそろりそろと、川の土手へ引き上げる。何しろ、十五人の口数だから、ようようなことではない。かっぽう着には、山ほど盛《も》り上《あ》がった青い初夏《しょか》の香《かお》りがただよう。

いつものようにハコベ、ヨメナのごまよごし、カラシ和《あ》え。ノビルには味噌《みそ》をつけ、折《おり》を見ては、タンポポにユキノシタも加《くわ》えてのてんぷらも出す。

自分の夫《おっと》は、何を作っても別に喜ぶ風もなく、あたり前の顔で口へ運ぶだけだ。それにくらべ、工場の人達《たち》は労《ろう》を惜《お》しまないで働くうえに、眼《め》をきらきらさせて喜んでくれる。だんだん採《と》る場所が遠くなっても、気にならなく、楽しくもあった。

戦争中と戦後の食糧難《しょくりょうなん》で、寄《よ》る辺《べ》のない母子家庭の子たちのためにとやりだした野草《やそう》料理の経験《けいけん》が、今、役に立っているのだ。

初夏に入ると、梅干《うめぼし》作りと、塩ラッキョウ、酢《す》づけを作った。シソジュースは夏まけにいいと、おかずのほかに手作りに追われた。やがて、梅酒《うめしゅ》も飲めるまでにできあがった。仕事が終わって疲《つか》れた従業員達《じゅうぎょういん》にふるまう。

家へ帰ると、口うるさい夫が、

「もの好きだなぁ」

と、半分あきれ顔でいう。

「わたしは好きでやっているんだ」

夫はにが笑《わら》いをし、働きだして元気になった妻《つま》を叱《しか》りはしなかった。

秋になると、一年中花の咲《さ》く西洋タンポポの天ぷら、ユキノシタの和《あ》え物《もの》、ツユクサの油いためも加わる。

冬にはユキノシタの天ぷらや和《あ》え物、ひたし、味噌汁《みそしる》。タンポポの根のきんぴらは歯ごたえが良くこたえられないほどうまい。

晴れた日には油まみれの作業着を洗《あら》い上げ、干《ほ》し終えるとにっこりする。

雨の日はつくろいものをする。老眼鏡《ろうがんきょう》を上げ下げし、手許《てもと》を確《たし》かめつつ針《はり》を動かした。

水を飲みにやってくる人を見上げては、

「働いている男の顔はいいねぇ。顔が輝《かがや》いているよ。家族には見られない。わたしのひとりじめ。申《もう》し訳《わけ》ない気がするよ」

と、うれしそうにいった。

ふと夫《おっと》も、会社ではそうだったのかもしれないと思った。

ベトナム特需《とくじゅ》で前年比九％増加《ぞうか》（ＧＮＰ）。米国に次《つ》いで日本は資本主義国《しほんしゅぎこく》第二位《だいい》になった。景気《けいき》は過熱《かねつ》した。

この小さなこの工場にも、注文が殺到《さっとう》した。国中が仕事に追われていそがしい日が続く。

昼《ひる》休み、社長はゴルフのパター振《ふ》りで過ごしていた。

やがて、日曜日も休みがとれなくなり、三交替《こうたい》になって、昼夜《ちゅうや》かかさず仕事に追われた。

トモばあさんも、いそがしい。

夜勤《やきん》の人は、夜八時過ぎにやってくる。残業《ざんぎょう》する人もいるから、おにぎりを作って届《とど》ける。夜道《よみち》にお月様が青くこうこうと照らしている日もあれば、雨の日も、くもりの日も、トモばあさんはいそいそと夜も昼も会社へと出かけるのだった。

「少しは休みな。けがをしないようにね。つかれたら、顔を洗《あら》うんだよ。冷たい水でね。ねむけなんてすっとんじゃうよ。健康でさえあれば怖《こわ》いものなしさあ」

いつもみんなをねぎらい、手作りの野菜《やさい》ジュースをだし、食事の心配までして、はげます日が続いていった。

数年後の秋になるとオイルショックがおきた。

年明けの頃《ころ》には景気《けいき》に陰《かげ》りがでた。

工場の注文が、細ぼそとしたものになってしまった。ただでも少ない給料《きゅうりょう》と残業手当《ざんぎょうてあて》、三交替《こうたい》の特別手当でうるおっていたのさえ、夢《ゆめ》だったかのように、遅《おく》れたり、減《へ》らされたりした。

一番先に、トモばあさんはクビになった。

「しかたがないやね。だんなの年金とわたしのとを合わせれば、ぼろ家だけど家はあるから食べていける。みんなには申《もう》し訳《わけ》ない気がしてね」

事務所《じむしょ》の掃除《そうじ》を田中《たなか》さんと終えると、しみじみと言った。

「子どもはいないし、この仕事が生きがいなの。夫《おっと》もいまではわたしの気持ちをわかってくれている。感謝《かんしゃ》しているの。フフフフ。初デートにパンダを見てくる。上野《うえの》動物園にいるよね」

「さあ、前に、中国から来たのは知ってはいるけど、新聞はとれないし、テレビを見ていてもつかれてすぐ眠《ねむ》ってしまうのよ。だから、悪いけどよくわからない。だれかほかの人に聞いてね。それより、ご主人と気持ちが通じ合って、ほんとに良かったわ。パンダ、見に行くといいわ」

「あんた、行ってないんだろ。なんだか、行く気なくなっちゃったよ」

「そんなこと言わないで。せっかくの機会《きかい》だもの、行った方がいいわ」

「じゃあ、行くことにするよ」

「きっと楽しいわよ。一つ、聞きたいことがあるの。料理のことだけれど、わたしたちは美味《おい》しいし、うれしいのよ。でも、あまりみんなに当《あ》てにされるとくたびれない？」

田中《たなか》さんが心配げに顔をのぞきこんできた。

「いやぁ、人に必要《ひつよう》とされるぐらいうれしいことはないよ。生きているって気がして」

それからも、トモばあさんは元気な姿《すがた》で工場へやって来た。

「おばさん、無理するなよ。面倒《めんどう》を見てくれるのはうれしいけど、心苦しいよ。金にもならないのに」

みんなは、口をそろえていう。

「あたしゃ、来ちゃ、いけないかね。だったら来ないよ」

「そんなことない。顔だけでも見せてくれ」

「来ていいかい？　本当かい？」

トモばあさんの目がうるんでいる。

それからというもの一層《いっそう》、花の手入れに精《せい》を出した。フェンスに沿《そ》ってヒマワリが咲《さ》き、きゅうにあたりは華《はな》やかになった。そして秋には色とりどりのコスモスが咲きほこった。相変らず料理に掃除《そうじ》にトモばあさんなりに手をぬかない。

でも、そんなトモばあさんも、たった一回怒《おこ》ったことがある。

「今日、トイレでよごした後、始末《しまつ》をしなかった奴《やつ》は、だれだい？　この尻曲《しりま》がりな奴は！　家でもそうなのかい。子どもに恥《は》ずかしくないのかい」

従業員達《じゅうぎょういんたち》はあんぐり口をあけたまま、お互《たが》いさぐるようにして顔をみあわせた。

しばらくたつと、トモばあさんはみんなが他人とは思えない気持ちになっていった。従業員の誰《だれ》かがお腹《なか》が痛《いた》いと聞き及《およ》ぶと、「せいろがん」を家まで取りに走った。

うれしいことも悲しいことも共に分かち合える仲《なか》になっていった。

あっという間に、円高《えんだか》から円安《えんやす》になり、戦後初のマイナス成長《せいちょう》になった。世の中は多くの失業者であふれ、路頭《ろとう》に迷《まよ》う人もでた。

この工場の全《すべ》ての人が二階の事務所《じむしょ》にあつめられ、クビを言い渡《わた》された。働き盛《ざか》りのみんなは六か月の雇用保険《こようほけん》がでると告《つ》げられた。

帰り際《ぎわ》、前庭で豊田《とよだ》工場長は目をくもらせ、

「しばらくは工場を閉《し》めないでおくからな。この工場の建物《たてもの》も土地も借《か》り物だが、景気が上向《うわむ》き次第《しだい》、働けるようにする。機械《きかい》がさびつかないように油をさしに、時々《ときどき》やって来てくれよ」

「こちらは食べていかなくちゃならない。いつ来るかわからない仕事のために、賃金《ちんぎん》も出ないのにやる気はないよ」

四十代の菅原《すがわら》さんがそっけなくいう。

「五年以上働いてくれたみんなは、六か月の失業保険《しつぎょうほけん》でしのいでくれ。それで食べていけるだろ。頼《たの》む」

「むしのいいことをいって。景気《けいき》の先ゆきが見えない不安な状態なのに、家族持ちにどうして食べて行けっていえるんだ。ただでさえ少ない給料《きゅうりょう》で大変なうえ、歳《とし》も歳だし、あまりのいいようだ。職《しょく》さがしで精《せい》いっぱいだ」

菅原さんがくってかかる。

「そうだ。そうだ。てめえがやれよ」

あちらこちらから声があがる。

「わたしは責任《せきにん》上待つ。その間パートで働く……。それならみんなは他《ほか》をあたってくれていい。去って行ってもいい」

「えらそうに。いいだってよう。もう上役《うわやく》じゃないのに」

「斉藤《さいとう》さんはボイラーの資格《しかく》があるからいい。仕事さがし、おれみたいなのはむずかしいよ。資格《しかく》もないし、学歴《がくれき》もそうないから」

平井《ひらい》さんがうつむく。

「四人も子どもがいるから、やっていけないのは同じ。わかっているくせに頭にくるよ」

顔をあからめて平井さんをにらみつける。

「わたしは二人の子を考えてつい……」

消え入りそうに語尾《ごび》がふるえる。

「失業保険《しつぎょうほけん》も、障がいのある人はおれらより二か月よけいもらえるらしい」

「なにい！」

平井さんが血相《けっそう》を変え、大声で叫《さけ》んだ。

「こんな世知辛《せちがら》い世の中じゃ、おれらは五十歩百歩だよ」

二人のどなりあう声に、みんなの中からひときわ高い声がとんだ。

みんなの赤い眼も、とがっている。

「おれは独身《どくしん》だし、他《ほか》を探《さが》すよ。みなさん、お世話になりました」

春木《はるき》さんは声をつまらせて、頭をさげる。

みんなは急におしだまった。ちりぢりに去っていく。

その背中《せなか》は泣いていると、トモばあさんは思った。

「さびしくなったら、おいでよ。あんたたち、おふくろだと言ってくれたこともあっただろ。ぐちいいに来なよ。待っている」


誰《だれ》もいない工場内は広く感じられる。

トモばあさんは高い機械《きかい》の下を掃《は》き、水をうち、フェンスのそばへ足を運ぶ。

まるでとりつかれたように懸命《けんめい》に花の手入れをするのだった。毎日水やりに通《かよ》い続けた。

夏が来て、大きなりっぱなヒマワリが咲《さ》いても、工場はがらんと静まりかえっていた。やがてコスモスの赤や黄色、白、ピンクの花が咲いた。前にたっぷり栄養《えいよう》もやってあるから、花はひときわ大きくなって、風鈴《ふうりん》のように頭をたれ風にゆれた。

「花も、待っているんだよ。たまには来ておくれよ」

風に話しかけた。

すると風に話を聞いたかのようにふらっと、平井《ひらい》さんが立ち寄《よ》った。不思議《ふしぎ》なもので、仕事さがしの合間《あいま》をぬってか、斉藤《さいとう》さんやほかの人たちもすこし来るようになった。

トモばあさんははりきって出迎《でむか》えた。

「待っていたんだよ。元気でいてくれたの」

みんなは、梅酒《うめしゅ》を飲んだり、心づくしのメザシやらっきょうを食べる。

「やっぱり、古巣《ふるす》はいごこちがいいなぁ」

平井さんが感慨《かんがい》深く言うと、斉藤さんが、

「これに野草《やそう》の天ぷらがあれば、ばっちしさぁ」

「夢《ゆめ》だよ。そんなこと」

「だよな」

二人はかつての親しみあるやりとりになり、笑顔《えがお》になっていった。酒が苦手《にがて》な菅原《すがわら》さんはタンポポコーヒーの味のほろにがさで力がみなぎるのだった。

「やるとするか！」

だれからともなく食べ終わると立ち上がった。作業着に着替《きが》える。機械《きかい》に油をさし、みがいた。

そんなみんなが働《はたら》き始めると、トモばあさんはあたたかい大声をかける。

「けがするんじゃないよ！　気をつけて」

「OK、了解《りょうかい》」

大きな声がこだまのようにかえってくる。

そばで、煮豆《にまめ》がぐつぐつと音をたてて煮立《にた》っていた。

夕方やってきた豊田《とよだ》工場長が涙《なみだ》ぐんだ。

「みんなにつらい思いをさせてすまなかった。ぼちぼち注文も入る予測《よそく》がたった。会社を立て直すために、社長は自分の家と土地を抵当《ていとう》に、銀行からぎりぎりまでの融資《ゆうし》をうけてくれたよ。恵《めぐ》まれない環境《かんきょう》で育ち、苦学《くがく》をした社長らしいさすがの決断《けつだん》だ。再開《さいかい》だぞ」

「ええっ！　本当に……、助かったぁ」

平井《ひらい》さんが声をつまらせる。

「良かったら、おばさんも働いてほしいのだが」

豊田《とよだ》工場長が頭をさげた。

「もったいない……、わたしなんかに頭を……。やめてくださいよ。信じられないねぇ。夢《ゆめ》が現実《げんじつ》になるなんて……。野草《やそう》のてんぷらにサツマイモも加えたいねぇ」

トモばあさんが泣《な》き笑《わら》いの顔になった。

「やったね。いよいよだぁ」

斉藤《さいとう》さんが指を鳴らし、はじけるような声をあげた。

「明日、みんなには会社再開の通知が届《とど》くよ」

夕映《ゆうば》えの中、集まった平井さんたちの眼《め》が輝《かがや》く。


色とりどりのコスモスの花も一段《いちだん》と色鮮《あざ》やかに咲《さ》き、ゆれていた。

リアルな文体で表現《ひょうげん》

児童文学者　岩崎《いわさき》京子《きょうこ》

高山榮香さんは、「さん」という児童文学の同人誌で一緒に勉強した仲間です。いつもまわりの少年少女を観察し、物語を組立てていらっしゃいました。御自分の少女時代の体験もからませて、リアルな文体で表現。私たちは「高山節」といって、拍手しておりました。

○横丁のさんたじいさん…………は、道ばたにござをしいて、古本を売っているすこし貧相なおじいさんです。子どもたちのからかい相手でした。ただ主人公の真子だけは、おじいさんの本当の姿に気づいていたようです。

○小さなかたつむり……………………

弟が飼いたいというのですが、どうしたらいいのか、さえには育て方がわかりません。

そこでクラスの飼育係のたくやに相談しました。

たくやはかたつむりより、さえが鉄棒のさかあがりができないのが、気になるのでしょう。

さかあがりのできないのは、クラスでたったひとりさえだけでしたから。

そばにつきっきりで、

「もうすこしだ。がんばれ」

さえは鉄棒に一生懸命になり、かたつむりのことは忘れてしまいました。

家へ帰って、かたつむりがぐったりしてるのを見ると、うきうき、たくやと鉄棒をしてた自分を責めるのでした。女の子の気持ちがよく出ている一編です。

○消えた金魚

ゼンソクの有希は、犬も猫も飼えません。

おじいさんが金魚を買ってくれました。有希は大よろこび。金魚に名前をつけて、夢中。

ゼンソクの発作も出なくなりました。

ところがある日、えさをやろうとしても、金魚は寄って来ませんでした。

「金魚にきらわれた」

と、またまた、ゼンソクの発作が……。じつは近所ののらねこの仕業でした。

○花束

これまた、すこしおもむきの違う物語です。

小さな動物とのからみでなく、花がイメージです。

花屋の千賀子は、友だちの理絵から、

「花にかこまれて、いいわねえ」

といわれました。そりゃあ、ほめられてうれしいんですが……。花屋って結構重労働。それに店はいつもじめじめ。天井も低いし、せまいし……。

それに比べて、理絵の応接間のすばらしいこと。高い天井。モザイクの壁。床にはギリシャ模様のふかふかのじゅうたん。石造りの暖炉。座っているソファーは黒革です。

その理絵が、生け花を習いたいといいました。それも千賀子の店の裏のお年寄りの東本先生です。この先生は東京大空襲の時、柱の下敷きになって、足をけがしました。

じつは千賀子は先生が、お花の生徒のすてた花を拾ってるのを見てしまいました。でもその小菊と雲流柳がいきいきつぼに活けられ、それがかがやいていてびっくり。

「生命あるものは捨てずに活かさなくちゃ」

先生のこのことばは忘れられません。

○トモばあさんの味

トモばあさんの口八丁・手八丁が活写されていて、これも楽しい一編です。タンポポという素材ひとつとっても、根はコーヒーになったり、キンピラになったり。花や葉はてんぷらになりました。

これらは町工場で働く人たちをどれだけ励まし、力づけているか。これ、作者高山榮香さんのバイタリティそのものの気がします。

ありがとう　高山さん。

あとがき

高山榮香

ここに書いた五つの童話は、今まで生きて来て出逢った人々に種をもらい出来たものです。心がつき動かされて書きました。

私の同人誌歴は「トナカイ村」で、故山本和夫先生、故斉籐了一先生に出会い、「現代少年少女研究会」で故関英雄先生に出会いました。「さん」では、岩崎京子先生にも出会え、短編一作の出版が叶いました。

その後、創作教室の十期を出て、「Ｔｅｎの会」。「メルヘン21」で、故菊地ただし先生のご指導をいただきました。

今の「拓の会」が一番長く在籍十年になろうとしています。最上一平さんを初めとする同人の皆様に出会え、今日に至ることが出来ました。

多くの皆様方に出会って、ここに本を出せましたことを深く感謝致します。

一人親として、三十歳より仕事に子育てに追われ、じっくり腰をすえ学べましたのは、「拓の会」へ入れていただいてからです。

私も八十歳になりました。

この本を読んで下さった皆様、ありがとうございました。

皆様にもいい出会いがありますようにと祈っております。

絵を書いてくれました嫁の由起子さんにお礼を申し上げます。

最後になってしまいましたが、この本を出版するにあたって大変お世話になった銀の鈴社の西野真由美様に、心よりお礼を申し上げます。

参考文献

昭和史全記録　　毎日新聞社
戦後史　中村正則著　岩波新書
年表　昭和・平成史　中村正則・森　武麿編　岩波ブックレット
四季の山野草　近藤嘉和著　緒方出版
薬用植物　森田直賢著　主婦の友社

高山榮香（たかやまえいか）

本名、高山智慧子。
1935年3月3日生　横浜　出身
武蔵野女子学院　高等学校　卒業
30歳で、国立市民大学を出、『芥川龍之介文学体験』
同年童話を書き始める。
30歳より、「トナカイ村」「現代少年少女文学研究会」
「さん」「Ten」「メルヘン21」「サークル拓」現在に至る。
その間、日本児童文学学校、創作教室を卒業
ことわざ童話3　『地蔵さんの左手』（国土社、1993年）
日本児童文学者協会会員。

鴇田由起子（ときたゆきこ）

1965年生
1988年　共立女子大学文部学部芸術学科
　　　　造形芸術コース卒業

NDC913
高山榮香　作
神奈川　銀の鈴社　2015
128P　21㎝　A5判（横丁のさんたじいさん）

定価＝一、八〇〇円＋税

鈴の音童話
横丁《よこちょう》のさんたじいさん

二〇一五年八月三日　初版
著　者――高山榮香Ⓒ　鴇田由起子・絵Ⓒ
発　行――㈱銀の鈴社　http://www.ginsuzu.com
発行人――柴崎　聡・西野真由美
〒248-0005　神奈川県鎌倉市雪ノ下三-八-三三
電　話0467(61)1930
FAX0467(61)1931
〈落丁・乱丁本はおとりかえいたします〉

ISBN 978-4-87786-625-9　C8093

印刷・電算印刷　製本・渋谷文泉閣